COLLECTION FOLIO

Gilles Leroy

Alabama Song

Mercure de France

Titre extrait de *Grandeur et décadence de la ville de Mahagonny* de Bertolt Brecht, repris avec l'aimable autorisation de la succession de l'auteur et de l'Arche Éditeur.

Gilles Leroy est né en 1958. Après des études de lettres, il devient journaliste et publie son premier roman en 1987. Il quitte Paris en 1995 pour s'installer dans un hameau du Perche. Il est l'auteur notamment de *Machines à sous* (prix Valery Larbaud 1999), *L'amant russe* (2002), *Grandir* (2004), *Champsecret* (2005), et *Alabama Song*, récompensé par le prix Goncourt en 2007.

à Isabelle Gallimard
et à Christian Biecher

« Quand on va au bal, il faut danser. »

HENRI CARTIER-BRESSON

MINUIT MOINS VINGT

Il en est qui se cachent pour voler, pour tuer, pour trahir, pour aimer, pour jouir. Moi, j'ai dû me cacher pour écrire. J'avais vingt ans à peine que déjà je tombai sous l'emprise — l'empire — d'un homme à peine plus vieux que moi qui voulait décider de ma vie et s'y prit très mal.

1

POUPÉES DE PAPIER

Le bal des soldats

Soudain, notre ville endormie fut envahie de milliers de jeunes gens, des pauvres gars pour la plupart, arrachés à leur ferme, leur plantation, leur échoppe, venus de tous nos États du Sud tandis que leurs officiers frais émoulus de l'école militaire descendaient du Nord, des Grands Lacs et des prairies (jamais depuis la guerre civile on n'avait vu autant de yankees en ville, me dit maman).

1918, juin

Si jeunes, si vigoureux, les guerriers rieurs fondaient sur nous avec beaucoup de bruit et se déversaient par nos rues telles des nuées d'oiseaux en livrée bleue ou grise ou verte, certains huppés d'or ou d'argent, ocellés d'étoiles valeureuses et de barrettes multicolores — mais tous, les oiseaux du mess comme les oiseaux du rang, les sécessionnistes comme les abolitionnistes, unis enfin, sinon réconciliés, tous reprendraient la route bientôt pour une longue traversée de l'Océan vers la vieille Europe qui n'était pas encore celle de nos rêves mais le continent d'une angoisse inconnue, cet inconnu qui consisterait à mourir dans une guerre étrangère.

S'ils avaient peur, ils ne le montraient pas. Les bals se multipliaient dans les rues, sur les terrains d'aviation qui entouraient la ville et dans les camps d'entraînement. (C'est une curiosité, oui, une chose unique, inexpliquée : aucune ville de la taille modeste de Montgomery ne comptait autant de terrains d'aviation. Et c'est ainsi que notre ville ridicule fut choisie pour être la champignonnière des gosses qu'on allait livrer au combat — le Feu, disent-ils, l'Action.)

Je les entends encore bruire avec fureur : ce fier vacarme de pas qui claquent, de voix braillardes et de verres entrechoqués, comme si vingt mille gars formaient un seul grand corps, un titan au pouls fiévreux où l'on pouvait entendre bouillonner l'adrénaline et une irrépressible montée de sève. C'était comme si l'imminence du danger et l'assurance d'autres chocs, d'autres fureurs, mortels ceux-là, rendaient ces hommes encore plus chahuteurs, enfantins et curieusement euphoriques.

Et nous, les Belles du Sud, je ne sais trop comment ces garçons nous voyaient : un essaim bourdonnant, peut-être, une volière d'oiseaux-mouches et de perruches affolées, aussi. La seule raison de se lever et de vivre, c'était d'attendre la nouvelle parade en ville, et, pour les filles chanceuses comme moi que leurs parents ne tenaient pas sous le caveçon, le prochain bal au Country Club ou au mess du camp Sheridan.

Papa avait bien essayé de me boucler à la maison tant que les troupes seraient en ville. Lui, le pâle et timide fonctionnaire, l'austère homme de loi couché avec le soleil chaque soir, sans doute ne voyait-il dans la soldatesque qu'une foule obscure de brutes dépravées, de violeurs et d'assassins. Minnie — merci maman — m'autorisait le Country Club, pas un autre bal ni une autre salle, avec la permission de minuit. Elle veillait tard, attendant mon retour pour s'endormir, et c'était bien après minuit.

Le lieutenant Fitzgerald a vingt et un ans et déjà beaucoup de talents. Il danse à merveille toutes les danses à la mode, m'apprend le turkey trot, le maxie et l'aeroplane ; il écrit des nouvelles que la presse publiera bientôt, il en est certain ; il est propre et élégant, il sait le français — c'est grâce à sa connaissance du français qu'il a été fait lieutenant d'infanterie après ses classes à Princeton, les francophones jouissant d'un privilège qui les propulse officiers — *et surtout il est propre et soigné*, sa mise d'une coquetterie presque dandy. Son uniforme a été coupé sur mesure chez les frères Brooks à New York. Sur ses jodhpurs vert olive, au lieu des jambières de toile en usage, il porte des bottes hautes, jaune paille, avec des éperons qui lui donnent l'air pas très réel d'un héros d'illustré.

Il est petit, oui, mais ce défaut de quelques centimètres est compensé par une taille fine que la veste cintrée de l'uniforme souligne, par un front haut et un je-ne-sais-quoi (l'assurance d'être quelqu'un, la foi en soi, le sentiment qu'un destin sans pareil vous appelle), par une allure folle, en fait, qui l'exhausse d'une tête. Les femmes en sont babas et les hommes aussi. Il faudra que je réfléchisse un jour à cette singularité : aucun de ses frères d'armes ne le jalouse ni n'en prend ombrage. Non, c'est comme si les autres hommes acceptaient sa séduction et l'encourageaient...

Autant il me trouble, autant il m'irrite ! Divorce de ton rêve. Tout de suite.

*

Oui, une nouvelle danse naissait chaque jour et je les savais toutes. Je pouvais passer des heures devant la glace à affiner un pas, à sourire en ouvrant le plexus, en écartant bien les épaules.

Les garçons des clubs, les jeunes officiers du mess, je les tiens dans ma main gantée de fil blanc. Je suis Zelda Sayre. La fille du Juge. La future fiancée du futur grand écrivain.

*

Du jour où je l'ai vu, je n'ai plus cessé d'attendre.

Et d'endurer, pour lui, avec lui, contre lui.

Dans le jardin de Pleasant Avenue, il se penchait sur les roses européennes de maman et paraissait goûter les plus sombres d'entre elles, les cramoisies, les Baccaras et les Crimson Glory. Ce premier jour des présentations, il frôlait la perfection. L'uniforme de chez Brooks était d'une propreté irréprochable, la pliure du pantalon laissait imaginer bien du talent et la raie dans ses cheveux blonds semblait tirée au cordeau, parfaitement centrée et alignée.

« Moi, c'est Scott, il a dit.

— Enchantée. Minnie Machen Sayre. Je suis la maman du phénomène. »

Elle le fixait sans vergogne, avec une lueur gourmande dans le sourire. Mais n'ôta pas ses gants de jardin pour lui tendre la main.

Quelques heures plus tard : « J'ignore si ton lieutenant yankee est le grand danseur que tu dis, c'est à coup sûr le plus beau visage d'homme que j'aie croisé à ce jour. Des traits fins et réguliers, une peau délicate... un teint de pêche, des cheveux blonds si doux qu'on croit effleurer un duvet... On dirait une fille. Tu ne le garderas pas longtemps. Les hommes trop beaux sont le fléau des femmes. Leur perte assurée... Ses yeux bleus, mon Dieu !

— Ses yeux sont verts, maman. Et je voudrais bien savoir quelle expérience vous avez des hommes beaux pour en parler.

— Zelda Sayre, cesse de faire l'effrontée ! Tu n'as pas connu ton père dans sa jeunesse. Crois-moi, bien de mes amies me l'ont envié ! »

Je suis une fille de vieux. Avec Scott, on est pareils là-dessus : deux gosses de vieux. Les gosses de vieux sont tarés, dit Scott.

... Qu'est-ce qu'ils cachent, les hommes, sous

l'uniforme ? Qu'est-ce que l'uniforme apporte aux hommes ? Oh, allez, je le sens bien : ce que cet uniforme apporte aux hommes, c'est précisément ce qui m'est retiré à moi. Et je ne me battrai pas pour ça. Ce romantisme-là, je le laisse aux guerriers : je leur abandonne les veuves, les orphelins et les estropiés. À eux de s'entendre.

Moi je suis une fille dure (non, pas cruelle) et jamais mon fiancé si frais, si neuf, ne partira à la guerre. Rien à faire de sa solde ni de ses galons annoncés : j'ai d'autres projets pour nous. J'empêcherai son départ au front. L'Europe, nous l'aurons. Nous l'aborderons, mais sur le pont des première classe. Et sans l'uniforme.

La plus belle nuit de ma vie

L'armistice prononcé, Scott a trouvé au camp Sheridan un rôle à sa mesure : il est l'aide de camp du général Ryan, ou plutôt le secrétaire de ses mondanités. Ils font la fête, partout, tout le temps. Hier, ils passaient les troupes en revue. Fanfare et coups de canon. Toute la ville s'était rassemblée pour voir ses fiers soldats en chômage. Et ce pauvre Goofo monte si mal que sa jument l'a désarçonné à la première minute de la parade, sous les yeux consternés du général. Qui se retenait de rire, comme tout le monde.

1918

Pauvre Goofo, le si bon cavalier à la danse était minable à cheval.

Mais il gère avec tant de talent son carnet de bal que le général continue de l'aimer, et lui donne encore plus d'argent pour organiser au Country Club et ailleurs, en ville, de merveilleuses soirées où il m'emmène — moi, gourde du Sud, qui n'avais jamais connu de tels raffinements.

Bientôt démobilisé, il s'en ira... Quel jeune

homme pourvu de quelques neurones resterait à Montgomery, même par amour ?

Ceci, quatre mois plus tôt, le 27 juillet : Scott envoya un phaéton me chercher à Pleasant Avenue, le Juge haussa un sourcil, Minnie coupa une rose et l'épingla à mon corsage puis le cocher déplia le marchepied. Tandis que je traversais la ville dans cette calèche d'un autre âge, j'hésitais à me sentir idiote, honteuse, menteuse — une usurpatrice ou simplement la princesse d'une nuit ? C'était mes dix-huit ans, et je souhaite à tout le monde d'entrer ainsi dans la vie adulte. Pourtant, dans le geste galant de Scott, dont n'importe quelle débutante eût été flattée, il y avait une outrance et une domination qui me donnaient le sentiment d'être un joujou — je sais tenir les chevaux, et je détestais ce cocher en habit ridicule : j'aurais tellement préféré conduire moi-même le cabriolet. Il n'y avait pas moins de sept officiers autour de la table d'honneur du Country Club, et Scott les regardait avec un air inouï, de gloire, de fierté, de défi. Tous ces garçons me firent chacun leur couplet et leur cadeau, certains avec tant d'humour que, le champagne aidant, nous étions pliés de rire et ivres avant même le premier plat. « Lieutenant Fitzgerald, mon beau Goofo, vous m'offrez la plus belle nuit de ma vie. »

Tous deux nous tourbillonnons sur la piste, nous volons et décollons de ce parquet sous les regards envieux (sans les voir, je les devine, je les sens qui nous suivent, nous traquent dans nos arabesques). « La faute à mon paternel, dit-il. Mon père m'a inscrit à la danse. Danse de salon, et aussi les cours de maintien, et les rudiments de l'étiquette. Comprends-moi, Bébé. Un sort contraire nous a déclassés, auquel jamais mon père ne s'est rendu. Dans la gêne, même dans la dèche, nous avons reçu l'éducation que notre nom exigeait et méritait. Car ce nom que je porte a fondé le pays, oui, oui, ouvre grandes tes oreilles ! » Et il se mit à chanter l'hymne national, cette scie ou plutôt cette guimauve dont ils sont tous fiers, les enfants et les parents endimanchés d'ici, l'hymne qu'a composé son arrière-grand-père (ou grand-oncle, je me perds dans ces généalogies bousculées des migrants irlandais). J'ai voulu plaisanter sur la poésie du bisaïeul

Then conquer we must, when our cause it is just,
And this be our motto : In God is our trust

et je l'ai vexé. Quand les hommes se pavanent et pérorent, je ne sais quoi leur répondre. J'ai juste envie de fouir, plonger sous terre dans l'hiver des salamandres.

Mais ce sont eux, les hommes, qui s'échappent pour finir. C'est leur privilège : ils disparaissent.

. . . .

Cette soirée si belle, parfum de chèvrefeuille et de glycine, cette nuit étourdissante, je m'en sou-

1940, janvier, Highland Hospital

viens à présent avec un sentiment mêlé, de gratitude et de gêne : la tension sexuelle devint vite insupportable. L'alcool aidant, il m'apparut soudain, dans un malaise immense, que ces huit jeunes hommes ensemble se tripotaient sans cesse, se pinçaient, s'embrassaient, se donnaient des chiques, s'envoyaient des mots obscènes puis s'embrassaient encore, non plus sur la joue mais sur la bouche, avec de grands bruits mouillés qu'ils croyaient virils — innocents. À force de respect, ils m'avaient oubliée. C'est ce qu'ils se dirent entre eux le lendemain, gueule de bois et langue de bois.

Et ce même lendemain, alors que je n'avais pas encore analysé pourquoi j'étais dans une telle ambiguïté de sentiments, pour remercier Scott j'allai chez un orfèvre en ville où je fis graver une flasque en argent de ces mots français :

NE M'OUBLIE PAS

La belle flasque allait beaucoup servir, cadeau étrange et criminel, quand j'y repense. Scott l'égarait souvent et se maudissait de l'avoir sortie de sa poche de veston puis il partait à sa recherche comme un fou. Il pouvait retourner une chambre d'hôtel ou une maison en une demi-heure. On voyait l'angoisse grandir minute après minute, mais l'angoisse de quoi au juste ? La peur d'avoir perdu un objet précieux à son cœur, ou la peur de manquer de ce que l'objet renfermait — bathtub gin, corn whiskey, ou quelque autre bourbon de contrebande ?

« Ne m'oublie pas » : n'est-ce pas la vérité, au fond ? On boit pour se souvenir autant que pour oublier. Avers et revers d'une même médaille, pas glorieuse, qui s'appelle le malheur.

. . . .

Oh ! le silence ! le silence des interstices. Le grand blanc qui s'immisce et vient panser d'ouate et d'éther la fêlure de nos têtes.

No football tonight

1919, mars

Scott est à New York d'où il m'écrit depuis des mois des lettres enflammées et bizarres. Un jour, me supplie de l'épouser ; la semaine suivante, proteste que le mariage serait un frein à sa vie d'écrivain. Vue de là-bas, de la ville électrique, je dois lui paraître tellement pécore, mal élevée et quelconque, pas comme ces filles de rêve pommadées de cold-cream et drapées dans des métrages de satin, des filles sophistiquées au regard languide embrumé de volutes bleues — elles ont pour effrayer les hommes de longs fume-cigarette à embout d'or ou d'argent qu'elles pincent à un coin de leurs lèvres peintes.

Reviendra, reviendra pas ? Je fais comme si je n'attendais pas. Je sors tous les soirs mais maintenant que les troupes ont disparu, les faubourgs sont vides et les nuits de Montgomery rendues à leurs pauvres frissons de province.

Père voulait me présenter à un gendre idéal, le fils de ses rêves, sans doute, lui qui n'a eu comme fils que cet aîné étrange — mon frère mort — à l'ambition politique en dessous de zéro et dont la seule vocation, écrire, échappait totalement au juge et sénateur qu'est Anthony Sayre, notre géniteur.

Je l'ai rencontré, ce garçon si bien qui prétendait m'acheter, un premier substitut du procureur à qui l'on prédit une carrière vers les plus hauts sommets : terne, d'allure souffreteuse, il a une tête à faire martyr plutôt qu'inquisiteur et je mettrais ma main au feu qu'il prie chaque soir après ses ablutions, comme mon père et sans doute à la même heure que lui, cette heure voluptueuse où les êtres normaux, les gens vivants prennent un drink à l'ombre de la véranda en attendant de passer à table.

« Hum ! Pas de football ce soir ! » a commenté maman en m'embrassant, pensant à mon béguin de l'été pour le champion de la Southern League, Francis Stubbs — une allusion que seule elle et moi pouvions comprendre.

Minnie était ma confidente alors et tenait tant à ce rôle (ce pouvoir sur moi) qu'elle se gardait bien de me trahir auprès du Juge. L'informer, c'eût été lui céder une parcelle de son pouvoir.

Non, il ne s'agit pas seulement de la belle gueule et du cul d'enfer du footballeur de la saison : Minnie ne peut s'empêcher de signifier à tous (par l'équivoque de ses regards où passent souvent des nuages, les rires étranglés dans sa gorge et toutes les langueurs de son corps), qu'elle regrette d'avoir épousé mon père. Ce n'est un secret pour aucune d'entre nous, ses filles : Minnie rêvait d'être actrice et poète. Faute de quoi elle monte des spectacles de patronage avec trois bouts de ficelle et des costumes en papier crépon. Naguère, le *Montgomery Christian Review* publiait ses odes bucoliques. Et nous, les filles gentilles, on ricanait derrière nos mains gantées de blanc.

Suis-je censée obéir aux rêves de maman ? La revancher de ses espoirs déçus ? J'ai dit que j'épouserais selon mon cœur. Et j'aimais le football. J'aimais cavaler avec les garçons, grimper aux arbres et marcher sur les charpentes des immeubles en construction. Le garçon gris m'a emmenée au Country Club en acquiesçant aux conditions de Père : pas de vitesse, pas d'alcool, pas de danses indécentes. Son auto n'était même pas décapotable, qu'il conduisait avec une lenteur exaspérante. « Plus vite, plus vite ! » Le garçon bredouillait, rougissait, mais n'accélérait pas. Au club, j'ai croisé Red qui partait vers une soirée d'étudiants de la fraternité Zêta Sigma à Auburn. « Z.S. », oui, une confrérie créée voilà deux ans en mon honneur par cinq footballeurs dont deux allaient devenir des champions nationaux. Je l'ai supplié de m'attendre. Sous une poche déformée de sa veste, je devinais la flasque de gin, que j'ai vidée d'un trait. Au premier ragtime, je me suis mise à danser telle une forcenée, ma robe relevée à mi-cuisses, si haut qu'on voyait mon jupon et peut-être même plus. Visage empourpré, le jeune homme bien s'est éclipsé en direction du fumoir.

Avant d'aller à Auburn, Red a voulu passer par

le Virage, *Allez, sois pas vache, on va juste trafiquer un peu*, il a bifurqué dans le petit chemin du virage qui monte vers les réservoirs, s'est garé sous un arbre et là, pas besoin d'un dessin, son poing pèse entre mes cuisses, il force comme un écarteur chirurgical, *Laisse-toi aller, bon Dieu, ôte le jupon au moins, je sais que tu l'as fait avec Shawn.* Et moi : *Je veux pas, Red, allons danser, allons-y avant qu'il n'y ait plus ni whisky, ni eau-de-vie, ni rien, ôte ta main, Red.* Et lui : *Embrasse-moi au moins, d'accord ?* Et je l'embrasse, enfin : je le laisse coller ses lèvres aux miennes, je les garde closes, il insiste, appuie si fort que mes lèvres s'écrasent contre mes dents mais je n'ouvre pas, non, alors la main qui caressait mon cou, une main de footballeur, se referme sur ma mâchoire tel un étau, la douleur à mes joues est si vive que je cède, sa langue me paraît énorme et grenue, l'autre main plonge sous mon corsage : *Tu ne trembles pas ? Les autres filles elles tremblent toujours à ce moment-là.* Et moi, arrachant de mon sein glacé cette main moite en forme de poulpe : *Non, tu ne me fais pas trembler, Red. Tu n'es pas Irby Jones, Irby Jones est si beau que je perdrais la tête si seulement il frôlait ma joue mais toi non, tu as juste une haleine épouvantable et les mains qui poissent.* Lui, mauvais et déboutonnant sa braguette : *Irby Jones est une tapette qui nous reluque sous les douches des vestiaires*, s'emparant alors de ma main gauche et la posant sur son membre brûlant et visqueux : *Vas-y, princesse, vas-y, Miss Alabama, branle ça, imagine que c'est l'engin fragile et parfumé de cette pédale d'Irby Jones.* La seconde d'après, il hurlait et sautait de la voiture en courant. Je me fichais pas mal de ce qu'il raconterait aux autres pour se venger : je suis la fille du Juge. Dans la boîte à gants, j'ai trouvé un paquet de cigarettes et un flacon d'alcool de maïs, glissé le tout dans mon corsage. Puis je suis rentrée en ville à pied, mes souliers à la main. Sur William Sayre Avenue, les magnolias roses étaient déjà en fleur. Ils devaient sentir fort, mais leur parfum ne m'arrivait pas — j'avais la bouche tapissée d'alcool, de tabac blond et du souvenir amer des baisers de Red.

Que voulez-vous qu'il m'arrive dans une ville où une rue sur deux porte mon nom ? Je pouvais bien traîner toutes les nuits sans chaperon : je suis la fille du Juge, petite-fille d'un sénateur et d'un gouverneur. Nous avons bâti cette cité. Nous avons érigé ses premiers monuments, son capitole et ses églises. Les bonnes âmes pouvaient cancaner à loisir. Présomptueuse, un peu courte en imagination, ma mère ne concevait pas qu'on puisse s'en prendre à sa fille, si dévergondée fût-elle. C'était le paradoxe de Minnie Machen Sayre : par sa naissance et son mariage, elle incarnait les bonnes manières et dictait des lois non écrites qu'elle s'autorisait seule à transgresser, à dévoyer. Mais au fond d'elle, dans le puits à sec de ses désirs taris, elle devait bien savoir qu'elle n'avait pas eu la trempe, pas la rage nécessaire, pour devenir actrice comme le ferait Tallulah, ma meilleure amie pour ce qui était des incartades et du scandale, Tallulah comme moi intrépide, comme moi garçon manqué, et on a fait les quatre cents coups toutes les deux, à faire se retourner dans leurs tombes du cimetière nos ancêtres pionniers, gouverneurs et sénateurs assez illustres pour être enterrés non pas dans des caveaux ordinaires mais sous des temples grecs miniatures, oui, oui, le ridicule ne les a pas tués, la vanité non plus, Tallulah qui ferait ce que maman n'osa pas en envoyant dinguer famille et tabous pour son rêve de planches et de lumière, et qu'importe si c'était faire la grue, si c'était salir ce nom compassé de Bankhead, bientôt elle aurait la vie maximum, la vie XXL, et c'est en grandes lettres électriques que sur Broadway, sur Hollywood Boulevard et bientôt sur les avenues du monde entier son nom de grue clignoterait

TALLULAH BANKHEAD
IN GEORGE CUKOR'S
« TARNISHED LADY »

éblouissant toutes ses contemporaines, les jeunes et les moins jeunes, les innocentes comme les moins vertueuses, foules de filles et de femmes bouche bée dans le noir, dévorant dévorées d'envie la poupée géante qu'elles ne seraient jamais, une héroïne qui partout était reine et se promenait de pays en pays sur cette autre planète appelée cinéma, une figure écran entre soi et soi, qu'on révère aussi bien qu'on pourrait la haïr, *Elle est belle mais il s'en faudrait de peu qu'elle soit complètement tarte*, un peu comme la fée d'un conte raté, une fée venue trop tard et qui ferait capoter la fin prévue pour être heureuse, une fée qui n'empêcherait rien en somme, ni les espoirs piétinés ni les regrets qui vont avec, une fée juste consolante, une fée de secours, une heure ou deux un soir par semaine, afin de mieux retrouver au matin la caisse du drugstore, l'élevage des enfants ou le lit rouge du bordel, précisément.

Ils se tenaient debout dans le noir, sous la véranda. L'ancien gendre idéal avait dû les alerter de mon escapade — évasion serait le mot. En entendant mes pas, Père a allumé la lanterne. Ce pauvre juge a pris son air de chien battu. Battu et vaguement dégoûté. Minnie sembla se souvenir qu'il y avait *des limites*. J'avais été sa fierté pendant dix-huit ans, mes turpitudes et mon insolence lui faisaient redresser la nuque et jouir d'un secret orgueil face aux commérages. Ce matin-là, j'étais devenue sa honte. « Qu'as-tu fait de tes gants blancs ? » Haussement d'épaules. « Approche. Ouvre la bouche et souffle ! » Je pensais à ce bâtard de Red, à sa langue amère qui me bâillonnait, à cette autre bouche en moi, plus bas, où les doigts de Shawn s'étaient insinués, plus mystérieuse et convoitée que le delta d'un continent hostile.

Le fleuve Alabama long de 312 miles prend sa source à Wetumpka longtemps appelé Fort-Toulouse à cause des colons français et se jette dans le golfe du Mexique Retire tes putains de doigts, Red, ou je te ferai dormir en prison *après avoir creusé son delta à Mobile* C'est si beau Mobile, *disait Irby Jones* Un jour je t'emmènerai *Si seulement Irby Jones Non, Irby Jones ne joue pas au football le samedi Irby Jones le dimanche ne va pas au ranch Il lit des romans français qu'il me prête ensuite, des romans sans morale Formidables.*

Au matin, j'ai trouvé sous ma porte un mot de ma mère hypocrite (« Toutes nos mères sont victoriennes », aimait à dire Scott) : « Si tu as ajouté le whisky au tabac, tu peux soustraire ta mère. Si tu préfères te comporter comme une prostituée... » Etc.

Il est interdit de fumer — mais la famille de maman a bâti sa fortune sur le tabac. Des plantations de tabac à l'infini, jusqu'en Virginie, jusque dans le Maryland. Je suis la fille du Juge, la petite-fille d'un sénateur et d'un gouverneur : je fume et je bois et je danse et je trafique avec qui je veux. Les jeunes pilotes de la base se seraient battus pour un signe de moi et lorsque enfin je leur accordais une danse je voyais leurs joues dorées s'étoiler de fossettes. Il y en avait deux qui rivalisaient de témérité pour m'avoir, ils détournaient leur avion tandem des couloirs aériens militaires et mettaient le cap sur Pleasant Avenue. Arrivés au-dessus de notre jardin, ils faisaient des figures dans le ciel, des loopings, des piqués, des tonneaux — et tout ça était si drôle, si terriblement excitant, si chevaleresque ; même Minnie était fière de l'hommage rendu à sa poupée blonde. Un jour de malchance ou de fatigue, le biplane est parti en vrille, et tous les jardins alentour ont retenu leur souffle jusqu'à ce que retentît plus loin, au-delà des faubourgs, le bref vacarme du crash. Une longue torchère s'éleva au-dessus des toits. Deux jeunes corps partaient en fumée dans une odeur noire de kérosène — deux jeunes corps qui la nuit d'avant dansaient sur leurs jambes immenses et souriaient de leurs joues étoilées, sentant si bon l'odeur des garçons bien, le cuir souple, le savon brut et, sous la fraîche eau de Cologne, tandis que l'effort de la danse noyait leur front de sueur et que l'odeur du corps reprenait le dessus, ce si troublant parfum de sauvagine où je baignais, serrée entre leurs bras, effrayée, ivre et heureuse.

Leur consomption dura deux minutes — un bûcher éclair, généreux, puissant et rapide à l'image de ces deux garçons qu'il dévorait. Il paraît que j'ai eu une crise alors, — la première —, et qu'on m'a donné de la morphine pour m'apaiser.

Depuis l'accident, une bonne partie de la ville professe que je suis le diable à tête blonde. Noir et or, oui.

Je suis une salamandre : je traverse les flammes sans jamais me brûler. C'est de là que me vient mon nom, parce que Minnie avait terriblement aimé une Zelda de papier, héroïne d'un roman oublié qui s'intitulait *La Salamandre* — et cette Zelda était une fière danseuse gypsie.

Ce matin, un colis minuscule m'arrivait, qui contenait la bague de fiançailles vieille d'un siècle, celle-là même qu'il a dû arracher au doigt de sa mère pour me l'offrir. Il paraît que les garçons font ainsi, dépouillent leurs mères pour habiller leurs fiancées. Dans le mot d'accompagnement, Scott avait écrit : « Posté ce matin même ma demande officielle à ton père. »

Le Juge ne m'en a rien dit.

Reine des ploucs

1919, juin

Le lieutenant yankee, je l'ai dit, n'a pas de sueur. Il ne sent que le propre, la bonne odeur du neuf et le luxe des étoffes fines. Cet homme est végétal, dirait-on, la pluie sur sa peau une rosée sentimentale.

J'avais craint pour lui, qui venait du froid et des Grands Lacs, la chaleur moite et étouffante, la canicule d'Alabama qui fait tant souffrir les gens des États du Nord et du Midwest. Je me trompais. Jamais il ne se plaint de l'étuve, ni ne suffoque ni ne transpire.

Tous les hommes sont mus par leur exigence physique et un magnétisme animal, m'ont mis en garde Père le juge et Père le révérend (« Des bêtes », résume sobrement Auntie Julia en reboutonnant plus haut mon corsage, et ma vieille nounou s'y connaît en maris coureurs et brutaux). Le lieutenant est-il un homme véritable ou juste une fascination ? Ces hommes-là tiennent-ils parole ? Peut-on vraiment s'en remettre à eux pour une forme d'avenir ? Il avait juré d'être célèbre dans les six mois et de revenir à Montgomery couvert de dollars. Mais son roman, aucun éditeur n'en veut. Il l'a appelé « L'Égotiste romantique », un titre à coucher dehors, même s'il dit juste quant à lui, quant à nous, nos vingt ans. Bien sûr, il n'écoute pas mes remarques : seuls importent les compliments enamourés de Winston et Bishop, ses cothurnes de Princeton. Eux aussi désirent écrire. Qu'est-ce qu'ils ont tous, ces jeunes types, à vouloir devenir écrivains ? Qu'ils se contentent de devenir riches et célèbres !

Demain, si aucune lettre n'arrive — littéraire ou pas —, un câble qui dise clairement « Je t'épouse » et fixe une date, je romprai nos fiançailles. Son absence et l'avalanche de courrier contradictoire qui en procède ont eu raison de ma patience.

« Mon Bébé, je pense à toi, tu sais.

Et je travaille comme un dingue afin que tu sois fière de moi, que tu veuilles enfin de moi. Le jour, je pisse des copies minables pour les publicitaires, bienheureux si l'un de mes slogans à la con est accepté ; la nuit, je continue d'écrire mon roman, et j'envoie aussi des nouvelles aux journaux. En six mois, Bébé, j'ai reçu tant de lettres de refus qu'en les punaisant sur les murs de ma chambre, j'ai recouvert trois murs sur quatre. Non, je n'exagère pas, et je n'ai pas bu, pour honorer la promesse que je t'ai faite. C'est ainsi, les lettres de refus sont arrivées par centaines. Mais tu sais que j'ai bon espoir. Je ne reprendrai le train de Montgomery que le jour où je serai publié avec, pour toi, dans mes bagages, la preuve imprimée du crime. J'espère que tu me regarderas sous un jour meilleur, alors, et que tu réaliseras combien j'ai besoin de toi.

Ton Fitz. »

« Cher Goofo,

Ne vous donnez pas tant de mal si c'est pour moi uniquement. Je romps les fiançailles. J'ai trois flirts en ce moment, et l'un d'eux promet de m'épouser puis de m'emmener où je voudrai. Demain si je le souhaite.

Madame X. »

« Cesse de te mentir à toi-même, Zelda Sayre !

Rompez, on dit ça dans l'armée. Mais ce n'est qu'un intermède, une pause, un entracte. Je reviendrai te chercher, tu verras. Il me serait égal que tu meures, mais je ne supporterais pas que tu en épouses un autre. Surtout ce fils à papa de Sellers Jr.

Je sais par ta sœur qu'il est grand, qu'il est fort, qu'il a ce truc bestial qui plaît aux femmes. J'imagine surtout qu'il est riche, avec tout le coton de son père! Et vous couchez à l'arrière de sa voiture, n'est-ce pas ? C'est si original ! Si digne !

Quand je serai célèbre — car je le serai bientôt —, il ne sera plus pour toi qu'un souvenir embarrassant.

Ton salaud qui t'aime (et tu ne vaux pas mieux).

P-S : tu avais beau gigoter et te plaindre la première fois qu'on l'a fait ensemble, tu es mauvaise actrice et très naïve : j'ai bien senti que tu n'étais pas vierge. »

*

Six jours ont passé sans un signe.

Cet homme n'a pas de sueur, dirait-on — et peut-être pas de larmes, extrapolais-je, séduite, inquiète tout autant.

On m'a élue reine de l'année sur trois campus : l'université d'Alabama, celle de Géorgie et celle de Sewanee. Voilà deux ans cela m'aurait terriblement excitée et flattée. Aujourd'hui ? Hum... Je venais de recevoir les honneurs du campus Sewanee quand John Désiré Dearborn voulut me raccompagner. On s'est arrêtés au virage des Trafiquants. Il est si timide et maladroit : voulant m'embrasser, il n'a rencontré que mon oreille gauche. « S'il te plaît, ai-je dit. Tu es un type bien. Ne te conduis pas comme les autres. » Et lui, pâle soudain, les masséters bloqués : « Tu l'attends, c'est ça ? Tu attends le retour du yankee ? L'écrivain de tes rêves, et qui ne sera probablement écrivain que dans tes rêves. » Moi : « Oui, j'attends. Et oui, je suis fatiguée d'attendre. Je ne veux pas rester plus longtemps à traîner mes jours et mes nuits dans cet air poisseux. J'étouffe. Cette humidité... Cette poussière qui colle à la peau...

Sais-tu que j'ai des crises d'asthme, et que l'air d'ici est l'un des pires à respirer ?

— Épouse-moi. Je t'emmènerai sur la banquise pour notre lune de miel, et un sorcier à fourrures guérira ton asthme à tout jamais.

— Tu es gentil, John D., et tu es drôle. Mais qu'est-ce que vous avez tous à vouloir m'épouser ? Moi, si j'étais un homme — si je n'étais pas obligée comme femme d'en passer par là pour avoir une place dans la société —, si j'étais un mec, je ne me marierais pas.

— Mais lui, tu l'attends. Et tu vas l'épouser.

— Oh... je ne l'aime plus vraiment comme au début. Pas comme l'année dernière. Je me demande même si je l'ai aimé au sens où la plupart des gens entendent le mot aimer. La distance m'angoisse. Quand il est loin, j'ai l'impression que notre histoire se vide, qu'elle fuit de toutes parts, et bientôt ce n'est plus qu'une baudruche, une illusion perdue. C'est si affreux, alors, ce que j'éprouve à me détacher de lui.

— Je te comblerai de présence, je te rendrai heureuse, épanouie, plus radieuse encore qu'aujourd'hui.

— Si ce que tu veux, c'est baiser, faisons-le maintenant.

— Tu ne devrais pas parler ainsi, Zelda Sayre. C'est très vilain dans la bouche d'une jeune fille.

— Moi, je m'en fiche un peu, sauf que ça fait mal. La première fois, ça m'a fait si mal que je me suis évanouie. C'était avec Sellers Jr, l'héritier, oui, dans une chambre enfumée de Zêta Sigma. Puis je l'ai fait avec le lieutenant yankee, deux années plus tard. Difficile de dire si j'ai eu mal ou non. On était soûls tous les deux. Mais au réveil, je saignais. Si tu veux, tu peux être le troisième. Ça t'évitera de m'accabler avec des sottises écœurantes comme "Épouse-moi". »

Et lui, pâle comme la mort, voix brisée : « Je ne suis peut-être pas le plus beau ni le plus brillant, Zelda Sayre, mais je ne suis pas sans cœur ni fierté. Ne te sers pas de moi pour rompre avec ton fiancé. » Il fit silence, puis raffermit sa voix : « De toute façon, si ce que tu veux c'est te propulser dans le monde, choisis plutôt le levier yankee. Lui te donnera accès aux illusions. Quant à moi, je ne quitterai jamais notre Sud. C'est la terre élue, la plus noble, la plus propre et la plus courageuse que l'univers ait compté.

— Amen », ai-je ponctué. Dans les yeux liquides de John Désiré Dearborn, j'ai lu comme en un miroir que j'étais un monstre.

Et j'ai écrit le lendemain à Scott. Lui ai dit que j'allais épouser Francis Stubbs qui fait la couverture des journaux et gagne désormais une fortune dans le championnat national. « C'est drôle que vous portiez le même prénom. Mais toute comparaison s'arrête là. »

Stubbs m'emmène dans son auto à Atlanta et me montre la maison que nous aurons dans le riche quartier Buckhead, où nous serons voisins du gouverneur. En Géorgie, tout est plus grand et majestueux. Le gouverneur habite un palais blanc entouré de colonnes antiques. Dix-huit colonnes, si j'ai bien compté.

Notre future maison, à Stubbs et moi, en compte déjà huit.

Une tornade

J'ai lu hier dans le *Smart Set* votre première nouvelle publiée. Vous devez être fier, Fitz, mon Goofo. Hélas ! sur la photo, vous aviez une tête de jardin potager.

1919, août

Votre beau visage soumis à la mise en plis, calamistré et grimaçant telle une actrice de cinéma, c'est tout juste si je le reconnaissais. Les cernes retouchés, trop de fard gris sur les paupières et trop de crayon noir sous les cils. Vos grands yeux verts si clairs, pourquoi les passer au charbon ? Que signifient ces fantaisies ? Laissez-moi le mascara et tous les trucs de fille.

Vous devriez montrer plus de dignité, Fitz, mon ami. Ne pas vous laisser manipuler ainsi, à moins que ça ne vous plaise, peut-être, de faire la poupée muette. Quelle était cette coquetterie, l'an passé, quand vous n'aviez pas un sou en poche, d'aller à New York chez le tailleur le plus cher vous faire confectionner un uniforme ? Vous dites que je suis un tourbillon, mais vous m'avez tout l'air d'un moulin à dollars, une toupie de casino. Un homme a-t-il besoin d'adoucir la guerre par des chiffons ? Et puis, pourquoi êtes-vous si bienséant ? Pourquoi ne m'emmenez-vous pas le soir dans une auto ? Qu'est-ce donc qui coule dans vos veines de yankee ? Du sang de navet ? Est-ce que je ne vous attire pas un peu ? Suis-je laide et grossière, ou bien êtes-vous un autre Irby Jones ?

J'ai dit à maman que vous seriez demain le plus grand écrivain du pays et après-demain le plus grand écrivain au monde. Maman a dit que j'étais folle.

J'ai longuement exposé au magistrat moisi que je dois appeler Père le détail de vos premiers revenus dans les journaux et chez les publicitaires, de sorte qu'il ne puisse me promettre que je courais à un destin de misère. Cet homme, sa nuisance, c'est pas croyable.

Le jour où je couperai mes cheveux à l'égal des hommes, comme je me le suis promis et même si cela vous déplaît, ce jour-là où tomberont en morte enfance les boucles blondes qui me contraignaient de faire la greluche sudiste, ce jour-là je ne jouirai vraiment qu'à l'idée de la tête de mon père, ce spectacle de lui, mâchoire décrochée, teint fantôme, et ses râles, ses jérémiades, ses insultes régurgitées, mâchonnées puis ravalées.

J'aurai délacé le corset ridicule puis l'aurai jeté. Il en sera mort de honte — c'est bien le moins qu'il puisse faire — non sans avoir supplié le comté de me pardonner avant la lapidation.

M'épouserez-vous ? Le voulez-vous sincèrement ? Si oui, dépêchez-vous. Vous faites l'homme à genoux devant moi, mais j'en vois d'autres, et des plus convaincants que vous. Je veux partir, fuir cet éden abominé. Éden — c'est vous qui le dites, car pour moi, c'est le cimetière des ambitions.

Je sais bien que nous sommes un peu plus riches que la moyenne — et que vous, votre famille, êtes décents, pas vraiment pauvres, mais dans la gêne. Ces choses-là trouvent leur arrangement. Chut !

Bien sûr je triche quand je me moque : j'ai vu des épreuves argentiques de Lawrence d'Arabie, et je dois reconnaître, sans présumer de mon inclination éventuelle, que Fitz est le portrait craché du splendide aventurier chevaucheur de chameaux.

. . . .

1940, Highland Hospital

Ma grand-mère Sayre fut embrochée par un cerf lors d'une chasse à courre à la mode anglaise. Je ne crois pas vous l'avoir jamais dit. Mon grand-père le gouverneur fit interdire la chasse à courre dans tout le comté, et l'on se mit à maudire ma famille. Les biches pullulaient, les bois des cerfs détruisaient les jeunes arbres, les bêtes passaient de plantation en plantation, vandales et vengeresses, se revanchant de ceux qui détruisaient leurs forêts pour y faire des champs dont biches et cerfs n'ont que faire : du coton, qui va manger du coton ? (Et quand ce n'est pas du coton, c'est du tabac.)

Quand j'étais petite, je faisais ce rêve éveillé que le cerf assassin continuait de hanter les alentours et qu'à chacun de ses bois était restée accrochée une boucle d'oreille de Granny. Que si j'étais sage il m'offrirait les boucles de diamant et m'emporterait sur son dos, loin, très loin de notre triste Sud et de ce sinistre comté.

. . . .

1919, septembre

J'ai reçu hier un télégramme : les éditions Scribner prennent son roman. Ils ont juste changé le titre, et c'est tant mieux. Une seconde nouvelle sera publiée demain dans le *Saturday Evening Post*. Le succès sera au rendez-vous, je n'ai pas peur.

Avec toi, Goofo, je n'ai aucune peur. Je sais que nous accomplirons de grandes choses. Tu m'emmèneras au nord, dans ces villes de ton enfance, Buffalo, Niagara, ensemble on se jettera dans les chutes pour voir qui rebondit le mieux. Évidemment, ce sera moi car je suis légère et tellement plus physique que toi, beau gosse empoté de Princeton!

J'ai l'air de me moquer, et c'est plus fort que moi. Si tu savais comme je t'aime entre deux sarcasmes. Comme... tu me manques.

Et j'aime cette idée de nous marier le jour précis où le livre sera en librairie. La fête sera double. Interminable.

Suite 2109, Hôtel Biltmore, NYC

Minnie avait dit : « Tu ne comptes pas épouser ce garçon quand même ? » À la vue du bracelet-montre en platine et diamants, son visage s'était congestionné, ses grosses joues tremblotaient, sa poitrine se soulevait de colère. On eût dit un dindon obèse. « Quelle sorte d'existence attends-tu d'un buveur !... un noceur ! un dilettante !... Le fils d'un vendeur de savon foutu à la porte ! »

1920

Moi : « Un jeune homme qui peut faire à sa fiancée de tels cadeaux n'est pas ce que j'appellerais un dilettante. Hollywood a acheté les droits de ses nouvelles une petite fortune. »

Elle : « Hollywood ! Pauvre linotte ! On ne se nourrit pas de diamants et de simagrées. D'où tiens-tu cette vulgarité d'esprit ? »

Moi : « Sa mère a encore un peu de fortune. »

Minnie : « De quoi sauver la face, chez eux, là-haut. Pas de quoi demeurer dans la société d'ici. »

Moi : « Eh bien, ce n'a aucune importance car je m'en vais. »

Dans les yeux de ma mère, j'ai vu se déclarer la guerre.

Ma mésalliance fit le tour de la ville et Scott, sans avoir posé nulle question, mais avec son intuition folle, l'a deviné ce jour où il vint me chercher à la gare pour m'enlever dans le train qui repartait immédiatement à New York. Toutes mes copines étaient là (elles avaient sifflé d'admiration en voyant la montre puis ouvert des yeux mélancoliques en voyant Scott en photo dans le *Post*, une vignette ovale au-dessus de sa première nouvelle au titre propitiatoire : « Les enfants perdus »), elles m'avaient fait un grand bouquet de camélias rouges et Auntie avait délicatement piqué dans mes cheveux une guirlande de gardénias. Oui, ma nourrice était là, et mes amis étaient là, et Shawn aussi, et Irby Jones, venus me rappeler qu'ils m'aimeraient toujours, où que j'aille et me perde. Mes parents n'étaient pas là, ni mes sœurs.

De ses yeux verts, Scott m'interrogea. Je secouai la tête. Alors il a rougi, tout son visage s'est empourpré, j'ai cru qu'il allait faire une apoplexie ou je ne sais quoi. Il a serré les dents, les yeux verts se sont glacés. Un père ruiné, un père chômeur, un père incapable, vivant aux crochets de sa belle-famille. Ma pauvre fille, tu ne pouvais pas tomber plus bas qu'en épousant une telle engeance.

Je ne sais pas grand-chose de la douleur de Scott, sauf cette honte qui semble collée à sa peau. Je ne sais pas ce qu'on ressent à être déclassé et à vouloir encore, devenu pauvre, évoluer dans un monde de riches. Sa mère a vidé les comptes d'épargne de son héritage pour lui payer un collège privé. Il avait un bon copain, Tom, qui passait le chercher pour aller en cours dans une limousine avec chauffeur, et Francis, c'est certain, la tête lui tournait du désir de retrouver son rang. C'est avec Tom, encore, qu'il allait au cours de danse et de maintien sur Summit Avenue, où l'élite de Saint Paul, Minnesota, envoyait ses rejetons boutonneux apprendre la valse et l'étiquette.

. . . .

Noël 1940

Ah ! Goofo, ma Poupée, mon Bouffon !... On était si semblables, lui et moi, on l'était dès la naissance, deux danseuses mondaines, deux gosses de vieux, deux enfants gâtés, intenables et, lui comme moi, médiocres à l'école, un duo de brillants « Peut-mieux-faire », deux créatures insatiables et condamnées à être déçues.

On avait tant de choses en commun. Dans un entretien au *New Yorker*, ce brave vieux fidèle de Wilson disait hier que le plus curieux était notre ressemblance physique. « Avant même d'être mariés, ils avaient un air de famille », dit Wilson. « Comme frère et sœur. C'était bizarre, l'une des nombreuses choses insolites chez eux. »

Je ne l'ai jamais remarqué, quant à moi, mais je me souviens d'un soir, dans notre suite de l'Algonquin Hotel, où je m'étais grimée, coiffé les cheveux en arrière avec la raie au milieu et un tube entier de brillantine, avant de passer un costume de Scott (c'était sa tenue de mess, je crois, un tuxedo bleu nuit aux revers filés d'argent, ganses de satin sur la couture du pantalon et boutons gravés de l'aigle impérialiste), puis j'avais noué une cravate noire sur ma peau nue. Le costume tombait parfaitement, comme taillé pour moi, mes hanches droites et ma poitrine sèche de garçon : ce décolleté sur ma gorge, je le sentais, devenait vertigineux. Pour la première fois à Manhattan j'étais une femme sexy, une bombe comme ils disent, une femme avec qui l'on sort fou de fierté et avec qui l'on rentre fou de désir — plus du tout la dinde excentrique de province. Toute l'assistance avait applaudi, médusée, certains même gênés car je savais mimer moi aussi, et j'avais « attrapé », comme disent les acteurs, bien des expressions de Scott. Mais lui n'apprécia que peu le numéro : Scott aimait sa roulure aristo, sa crottée à l'esprit cinglant, sa meilleure alliée sur la couverture des magazines. Scott, ce qu'il aimait et désirait, c'était sa Southern Belle. Pas un travelo dans le miroir.

*

Il mesurait à peine trois centimètres de plus que moi (sa compétition avec les aviateurs de Sheridan s'en trouva exaspérée — si élancés, eux, si athlétiques — sans parler du seul vrai rival qu'il aurait à souffrir, ce géant d'Édouard faisant deux têtes de plus que nous). Juchée sur des escarpins à talons hauts, je le dépassais sensiblement. Une petite voix en moi, enfouie, insoupçonnée, s'élevait alors de je ne sais quels abysses ataviques (quoi au juste ? l'antédiluvienne leçon des corps qui remonterait à la mémoire ? ou l'évangile du vase sacré, du vase massacré qu'on appelle Éternel féminin ?), la douce voix de nos ancêtres, donc, me susurrait : « Voûte le dos, incline-toi, va pas froisser le mâle orgueil de ton époux plus susceptible qu'une fillette. » Je me suis pliée à la voix parasite.

Sept ans plus tard, Lioubov Egorova la première s'en apercevrait tandis que dans son studio je reprenais l'exercice du ballet, mes ongles ensanglantés dans les pointes : « Eh ! C'est quoi, cette nuque courbée, ces épaules rentrées. Marchez à plat et faites-moi ressortir tout ça. Dos droit et menton levé, n'est-ce pas le minimum ? » J'ai renoncé aux talons hauts, pris l'habitude des souliers plats si peu sensuels mais qui reposent mes pieds douloureux de vieille danseuse de vingt-huit ans.

Pourquoi faut-il toujours les ménager, eux, comme s'ils étaient des guerriers de cristal ?

Cathédrale Saint-Patrick, Cinquième Avenue, NYC

« Sur la joue, jeunes mariés ? Êtes-vous bien sûrs ? » ironisait l'évêque.

Ce matin-là, Scott avait une haleine de bourbon à vomir, et nous nous sommes considérés sans nous embrasser, Scott a ri parce qu'il devait bien faire l'homme et que, là, vraiment, faire l'homme était trop absurde pour lui, alors il nous a toisés, l'évêque et moi : « OK, je me prosterne. » Et quand il a été à genoux, il a soufflé : « Je te hais comme un mec. Je t'adore comme mon mec. »

« Amen ! » hurlait la nuée dans la cathédrale Saint-Patrick. « Dieu bénisse cette union ! » a clamé l'évêque. La nef vibrait de rires, mes tympans bourdonnaient sous les applaudissements, le vertige me prenait.

Sur le perron, les flashes des photographes achevèrent de m'étourdir. Ce n'était rien encore. Juste le début ému, brouillon et tâtonnant — les prémices d'un aveuglement supérieur. Le ciel sur la Cinquième Avenue n'était pas tendre non plus : blanc-gris, blanc sale, métallique et blanc comme néant.

Dans la limousine, Scott enlaça mes épaules et colla ses lèvres humides à mon oreille. « Bébé fait une colère. Bébé est si belle en colère. » (J'ai repoussé la bouche et l'haleine avec.) Scott ouvrit le minibar et dévissa une bouteille de bourbon qu'il me tendit comme à un pote. Je bus au goulot, comme font les potes. Je me sentais soudain... comment dire ?... déplacée, inepte et mensongère dans ma dentelle blanche, sous mon tulle blanc : j'étais à moi seule l'imposture de cette cérémonie. Scott n'avait pas demandé si j'étais vierge. J'y avais vu un signe galant, ou disons : une nouvelle manifestation de son élégance désenchantée, parce que la question était embarrassante à poser et que la réponse, oui comme non, n'apporterait que le doute.

Mais là, dans ma longue robe ivoire, sous le voile blanc et moussu que j'arrachai tant bien que mal, luttant avec l'écheveau d'épingles que le coiffeur français à la mode avait piquées dans mon cuir chevelu préalablement brûlé au fer, là, enfin, je compris que Scott n'avait rien à fiche que je sois vierge. Je le regardais téter le bourbon, yeux miclos, son profil souriant entre deux lampées. *La route ne sera pas un chemin de roses.* À peine m'étais-je dit ça, la voiture freina, la portière s'ouvrit, mais ce n'était pas le macadam où j'atterris : un long tapis rouge s'offrait à mes escarpins blancs. J'attendis que Scott eût fait le tour de la limo, hilare et titubant. Je passai ma main de dentelle à son bras et ensemble nous fendîmes la haie d'honneur.

Flashes encore, encore les mains qui claquent. Je frissonne. Un voile noir. Mes genoux lâchent, je perds conscience, je tombe. Et les bouches, écartelées, sans voix. Des bouches de bruit.

. . . .

« En blanc ? » m'a fait répéter le jeune docteur qui ressemble à Irby Jones — les mêmes grands *1940* yeux ultramarins, les mêmes épais cils noirs, et cette peau blanche marmoréenne, presque effrayante, comme si tout le sang du visage s'était réfugié dans les lèvres incarnat. « Êtes-vous bien certaine ? Je crois me rappeler que dans une séance précédente, vous vous plaigniez de vous être mariée à la sauvette... » (Il feuillette à rebours son calepin de notes :) « Sans cérémonie, disiez-vous : "comme une voleuse" étaient vos mots précis. »

Sans fête et sans mes parents. Le Juge et Minnie n'avaient pas daigné faire le déplacement. Ce mariage faisait l'unanimité contre lui : les amis de Scott désapprouvaient tout autant que ma famille. Je crois que ma robe était bleue. Mon chapeau aussi. Et sous le chapeau, mes cheveux avaient vraiment été brûlés par ce connard de coiffeur français. Et dans le taxi, après la bénédiction, Scott avait vraiment ouvert une bouteille de bourbon qu'on avait sirotée — le goût m'en revient, nauséeux, sur la langue. Quant au restaurant, non, je ne revois rien. C'était peut-être juste un bouge comme un autre.

« Vierge ? interroge encore l'interne. Mais il vous a envoyé des pilules abortives, six mois avant votre mariage. Pourquoi avorter si vous étiez vierge ?

— J'ai refusé ses pilules. Avec violence, avec un immense dégoût de moi aussi. Je lui ai demandé s'il me prenait pour une pute. Je me serais sentie une pute si j'avais avalé une seule de ces pilules. Ce fut notre première scène.

— Mais l'enfant, alors ?

— Entre le jour où je lui écrivais à New York pour lui faire part de ma peur et celui où j'ai reçu en réponse le sachet de pilules, mes règles étaient arrivées. Mes règles bordéliques. Je savais que je n'étais pas enceinte.

— Donc vous mentez. En lui faisant cette scène, vous mentiez.

— Oui, je mens, je mens comme 99,99 % des gens sur cette planète.

— On parle là de manipulation.

— Et je manipule, oui, comme 99,98 % des gens sur terre.

— Cela vous rend fière ?

— Maintenant ça suffit. Mon mari ne vous paie pas pour m'insulter. En dix ans, vous êtes au moins le trentième psychiatre qui prétend résoudre mon cas. Si je compte les deux continents, vous êtes le cinquantième. Qu'on me reconduise à ma cellule.

— Votre chambre, madame.

— Ma cellule. Je sais ce que je dis. *Docteur*. »

. . . .

On nous a virés du Biltmore pour comportement indécent. On s'est repliés au Commodore *1920* Hotel. Le Tout-Manhattan défilait dans notre suite, jour et nuit, et nous avons fait tant de bruit et tant d'embouteillages dans les ascenseurs, que le Commodore nous a congédiés à son tour. Avec injonction policière de rembourser les moquettes trouées par les cigarettes.

Scott devait se remettre au travail et je devais, moi, remplir ma fonction biologique : je portais mon premier enfant. Alors on a loué cette chaumière à Westport. D'abord, les copains venaient de Manhattan le week-end, à peine arrivés ils écumaient en bande les bars de bourgades voisines, naguère si paisibles, aujourd'hui tapageuses. La semaine, Scott dessoûlait et nous nous disputions souvent pour un oui ou pour un non. L'ennui a commencé là, entre nous, dans la belle demeure de bord de mer qui avait tout pour devenir la maison du bonheur. Je nageais dans le Sound, des heures et des heures. J'essayais d'apprendre le japonais avec Tanaka, notre domestique. Mais c'était trop difficile, trop lent, bien au-delà de ma patience. Je suis allée trouver Scott dans son bureau sur l'océan, et je lui ai dit : « Tu sais le français, non ?

— Mouais. Si on veut. Tu renonces au japonais ? Ça ne te ressemble pas d'abandonner. Pour le français, tu peux prendre ma méthode Rosenthal. Elle est dans la cantine de Princeton. »

Je voyais à son dos raidi que je l'agaçais. C'est étonnant, l'expressivité d'un dos — qu'une nuque crispée puisse vous dire *Je ne t'aime plus* quand le visage encore n'y arrive pas.

« J'apprendrai sur place.

— Comment ça ?

— Tirons-nous en France. »

Mon frère aîné Anthony Jr disait qu'il fallait aller à Paris car c'était là que toutes les choses importantes se passaient, en littérature, en danse, en musique, en peinture. Toujours sans se retourner, Scott a grommelé : « Ouais, un jour... Pourquoi pas ? C'est une bonne idée... Quand tu auras accouché, quand je ne serai plus saigné à blanc de devoir pisser tant de copie pour nous faire vivre tous les trois. » Alors il releva la nuque et tourna la tête de trois quarts. « Tu n'as pas oublié le bébé, n'est-ce pas ? » J'ai reculé dans le couloir. J'ai cru que j'allais pleurer. J'ai seulement pensé *Tu me le paieras*. Et je suis retournée nager dans le bras de mer.

La fille du Juge ne pleure pas. Pas pour le fils d'un vendeur de lessive au détail. Si mes yeux sont rouges, c'est à cause du sel et de l'iode.

. . . .

1940, mars

Vous étiez trop jeune, docteur, vous ne pouvez pas imaginer, à nous voir décatis aujourd'hui et tombés dans l'oubli, comme nous étions célèbres, l'Idole et moi — « son Idéale », disaient les chroniqueurs mondains. On faisait la une des journaux, on avait nos portraits au frontispice des théâtres et des cinémas de Manhattan. On nous payait des fortunes pour des publicités où tout notre effort consistait à arriver à l'heure, dessoûlés, souriants et propres. C'est nous qui avons inventé la célébrité et surtout son commerce.

Nous marchions toujours devant, mais devant nous encore, sur les tapis rouges, les photographes allaient à reculons et nos souliers en écrasant les ampoules des flashes faisaient grincer mes dents comme si j'avais mâché du verre pilé.

« Hum », toussota le carabin en blouse blanche. Il hésitait à parler. « J'ai une vague idée, oui, de qui vous étiez. Vous vous souvenez de Lillian Gish ? »

Moi : « Bien sûr, je me souviens. L'amnésie n'entre pas dans les symptômes de mon désordre. On a dû vous le dire. Lillian était une grande actrice et notre voisine à Westport, un temps. Nous ne recevions que des hommes. Lillian était la seule femme invitée. Quand nous sommes retournés vivre en ville, souvent nous dînions au *Blue Bar* de l'Algonquin, en petit comité, et quand nous étions nombreux on prenait la grande table ronde. L'assistance était toujours passionnante, l'hôtel en ébullition. À cette époque, le cinéma se faisait à New York, vous savez. Les gens de cinéma se mêlaient à ceux du monde littéraire, les romanciers aux actrices. Lillian était ma préférée. »

Le gamin : « Mlle Gish était interrogée dans le *Hollywood Chronicle* la semaine dernière et a parlé de vous. De votre époux et vous, elle a déclaré :

“Les années vingt, c’était eux”. Je cite de mémoire. »

Moi : « Elle dit ça, Lillian ? C’est gentil à elle. D’habitude, les acteurs sont incultes. Elle, non. C’est curieux : je n’ai eu que deux amies femmes, et les deux étaient des actrices. Sans parler de Love, bien sûr. »

Lui, fronçant ses sourcils d’enfant : « Vous voulez dire... la danseuse russe ? Votre maîtresse de ballet, Lioubov ? »

Moi : « En secret, je l’appelais Love. C’était purement platonique, comme vous savez. »

Lui : « Non, je ne sais pas. »

Moi : « Eh bien, sachez-le. Mais vous, dites-moi, un garçon si sérieux, vous lisez les feuilles à potins du cinéma ? ça alors !... je l’aurais jamais cru. »

Il a rougi, caché son sourire dans son poing. Ses mains sont si belles. On dirait des ailes.

Moi : « Un jour, c’était en 22 ou 23, avant le départ en Europe, nous étions lui et moi très beaux encore et photogéniques, on nous a proposé de jouer notre propre rôle dans l’adaptation au cinéma d’un roman de Scott. J’étais terriblement impatiente, traqueuse et survoltée. Scott a tout fait capoter en refusant. Sans lui, je les intéressais moins : c’était le binôme ou rien. Ils ont pris une actrice pour finir. “Une professionnelle”, ont-ils dit, avec une nuance de mépris pour elle qui m’a glacé le sang. Scott ne m’a laissé aucune chance, jamais. Il s’est plutôt acharné à griller mes chances. »

*

Parfois l'excitation était si grande, elle bondissait dans mes veines, et je sentais les joues me cuire par un afflux de sang et de vie et de peur souterraine. Je valais quelque chose. Le cœur tambourinait à se rompre. La joie serait-elle douloureuse ? Quand je suis heureuse — si seulement il m'arrivait de l'être encore — ça fourmille dans mes jambes, j'avale trop d'air, j'étouffe, mes yeux se voilent, il faut se rendre et rideau ! je tombe.

J'aurais voulu vous le dire, docteur, mais je garde un peu de moi pour moi.

*

Et c'est là, à Westport, dans la maison du bonheur, que la poupée en moi s'est déglinguée. C'est là qu'un matin, sur la plage de Sound & Compo, dans ce cadre si beau, où l'air était si vif, et léger, exaltant, où les gens étaient minces, et beaux, et supérieurs, c'est là que j'ai ressenti le manque d'Alabama, le manque de cette terre abhorrée qui était la mienne.

Terre rouge, argile lourde pour faire des briques rouges et dans ces briques rouges élever des villes, des demeures solides, rien qui bouge dans le rouge, rien qui inquiète non plus ; et puis le parfum lourd et poisseux des pins m'a manqué, que j'exécrais jeune fille, dont je croyais qu'il était la cause de mon asthme ; et après les pinèdes, c'est la cuisine d'Auntie Julia qui me manqua, baignant dans le gras et le sucre, écœurante et délicieuse, ses fumets répandus dans toutes les pièces, imprégnant le papier peint, les rideaux, les tapis, les sofas, imprégnant jusqu'aux lambris, jusqu'aux oreillers des lits dans le château de brique rouge.

Sensation plus perverse encore, l'insidieux relent de moisi me manquait ; à chaque retour dans ma maison natale, il me rendait phobique, me donnait le sentiment d'être sale ; je m'y habituais, pourtant, au point de l'oublier dès la première nuit sur place. S'habituer, oublier.

Nulle part je ne serais heureuse. Nulle part ne me soulagerait.

Avant la lobotomie. Je sais que l'opération n'est pas si terrible, juste un poinçon qu'on enfonce au marteau sous l'œil, qui remonte au cerveau corrompu, l'enclume orbitale se referme et plus de souci, ni angoisse ni chagrin — pas même une cicatrice. Juste un coquart qui s'en va en quelques jours. *Je garde ce que je peux de mon moi mauvais mais vivant. Vous comprenez, jeune homme ?*

. . . .

Dans ce cloaque de chic — notre vie —, quelqu'un soudain apparut, qui voulait mon bien. C'était un soir, une réception que Scott donnait à la Villa Marie. L'homme s'appelait Édouard. Édouard Jozan. Tous ses copains et ses frères d'armes l'appelaient Joz.

Je portais ma robe en peau d'ange. Si belle, si rose. Une robe ruineuse — mais soyeuse, crémeuse sous la dentelle. Scott ne prit même pas la peine de tendre l'oreille au gros éditeur parisien, notre voisin l'été à Valescure, qui lui criait : « Sacré veinard ! Bon Dieu, Scott ! jamais aucun putain d'écrivain n'a eu une aussi belle et brillante putain de femme. » La chieuse merveilleuse, c'était moi. Scott n'écoutait pas : il nous suivait, Joz et moi, à chaque pas que nous faisions, pas de danse ou pas de marche. *Le voici jaloux*, me suis-je dit. *Profite sans frein du bénéfice de cette jalousie*. Mais très vite ce sentiment de mon époux m'est sorti de la tête ; en moins d'une heure, prise à mon jeu, j'étais amoureuse du bel homme avantageux qui parlait anglais avec un accent sensuel à vous faire frissonner des dents.

*

Lui ne souhaite pas me contenir (dit-il), mais m'affranchir (dit-il encore). Ces Français sont impayables : me comparer à une esclave, employer à mon endroit les mêmes mots que pour une esclave, seul un Français aura l'impudence de le faire. Quand il me serre dans ses bras brûlants, je n'ai plus vraiment de voix.

2

L'AVIATEUR FRANÇAIS

« Je volerai comme un oiseau, je volerai pour toi si seulement tu m'aimes.

— Alors, vole.

— Je ne peux pas voler, mais aime-moi quand même.

— Pauvre enfant sans ailes.

— C'est si difficile de m'aimer ? »

ZELDA FITZGERALD,
Accordez-moi cette valse.

L'irréparable

J'aime le péril... les précipices..., les dés qu'on jette étourdiment en pariant sa vie entière, et je n'attends même pas qu'ils aient fini de rouler pour décider de ma ruine. Me perdre, j'aime aussi, à l'occasion. C'est moi. Rien ne m'en guérira.

1924, juillet

Les garçons — ah ! ces garçons n'aiment pas qu'on les batte à la course. Ni dans aucune autre discipline, d'ailleurs. Moi, une fille, je leur brûlais la vedette : c'était moi la première en piscine, et c'était moi encore la première sur la cendrée. Aux patins à roulettes, j'étais la championne du comté. Tallulah n'était pas la dernière non plus. Il fallait nous voir dévaler les avenues, Perry Hill Street, Sayre Street Hill, puis remonter les pentes, accrochées telles des ventouses au cul des camions et aux pare-chocs des autos. Les piétons hurlaient, les voitures klaxonnaient et les conducteurs nous insultaient, blêmes, le profil figé d'effroi lorsque deux gamines de quarante kilos les dépassaient avec des airs furieux d'apprentis succubes. Mais nos propres cris d'excitation couvraient le vacarme. Semaine après semaine, nous resserrions les courroies des patins pour aller encore plus vite, freiner le plus tard possible et négocier les virages à la corde.

L'aviateur a ri : « Mais tu étais une terreur ! »

J'étais la fille du Juge, comment expliquer ça à quelqu'un qui ne connaît pas l'Alabama ?

L'aviateur, j'ai tant regret de lui. Vous pourrez toujours dire. Jamais vous ne vous ferez à l'idée. L'idée que c'était lui, l'homme tant attendu. Le plus bel homme de la Côte. Le plus bel homme, et j'étais sa côte.

Pleurez ! Pleurez donc ! Vous êtes seule ! Seule à crever !

Cette paillote où nous vivions, je l'aurais voulue pour tombeau. Un mausolée de plein air, Jozan et moi saisis dans notre lit par la lave, l'aviateur et moi gisant enlacés sur le catafalque d'un matelas pourri qui pourtant abrita la seule passion du monde. Dans cette cabane de vent, nous n'avions rien. Un briquet à amadou pour faire le barbecue sur la plage, et deux jerricanes d'eau pour notre soif, notre cuisine et nos ablutions, des jerricanes que Joz allait remplir chaque matin à la fontaine de la place du village.

... Il se moque de mon obsession d'hygiène (sa tête ahurie, lorsque je lui ai dit que je prenais quatre bains par jour) mais moi j'ai l'impression de puer. « Voyons, Zelda, on vit au soleil, à poil, et on nage une heure sur deux. Comment pourrais-tu sentir mauvais ? » Oui mais voilà, l'heure où l'on ne nage pas, on la passe à faire l'amour. Sur le marché du port, quand nous allons chercher légumes et poissons, les gens me regardent en arrondissant leurs grands yeux noirs. Et je me dis que je pue le sexe, que ça doit être ça qu'ils sentent dans mon sillage, un nuage de foutre et d'autres fluides émanant de moi. Et je voudrais fuir au loin, disparaître sous le sable, mais Joz retient ma nuque dans son poing, m'embrasse à pleine bouche dans les allées du marché, puis pose sa main sur mes reins et je me soumets, nous marchons ainsi, la poissonnière en le reconnaissant s'exclame : « Vé, le beau gosse ! On dirait bien qu'il a pris une sirène dans ses filets ! Boudie, qu'elle est belle. » Et il rit, si fier. Je me demande combien de sirènes la poissonnière a vues, puis réprime aussitôt cette pensée qui me point le cœur : le temps avec l'aviateur m'est compté, je le sais. Je ne le perdrai pas en vaine jalousie. Il faut jouir de ce qu'il me donne, que je n'avais jamais connu et ne connaîtrai plus après, j'en suis tristement sûre.

Il y a quelque chose chez Jozan, au-delà de sa beauté féline, de sa sueur envoûtante, il y a cet intérêt qu'il porte aux femmes. Et je crois que cela vaut pour la plupart des hommes français : ils aiment vraiment les femmes, tandis que les nôtres, les hommes d'Alabama et du reste de l'Amérique, semblent nous craindre, nous mépriser par réflexe et — certains d'entre eux — nous maudire.

Les hommes français, ce n'est pas qu'ils soient plus beaux, loin de là. C'est juste qu'ils nous désirent : pour eux, une femme qui cède n'est pas une putain mais une reine.

« Bébé, implorait Scott, arrêtons ce cirque, veux-tu ? Accordons nos violons. » Scott est très féru des expressions françaises, même s'il ne les connaît qu'à travers sa méthode Rosenthal, révisée avant chaque départ. Mais moi qui ne connaissais pas la métaphore populaire, j'ai entendu : « Accordons nos violences », et j'ai dit oui, tout de suite.

L'autre plus belle nuit de ma vie

L'aviateur avait des bras immenses, des bras enveloppants, deux ailes chaudes où je tremblais. L'aviateur n'avait que moi à aimer — disait-il. Il prétendait aussi que j'étais seule, la seule à l'aimer.

Seule ? Sans blague...

« Vous n'avez pas à vous en faire, j'ai dit, car vous êtes sans rival. Depuis six mois que nous sommes ici, mon mari n'est entré qu'une fois dans ma chambre. » Il a voulu remplir mon verre. « Non, merci. Je suis heureuse. Je voudrais vraiment ne rien rater de ce bonheur. La grosse Migraine et sa sœur Nausée attendront. »

Lui : « Attendre quoi ? Je pars demain et je veux coucher avec toi, tout de suite, et quand je reviendrai tu divorceras. Donne-moi ta bouche. Et tes seins... tes seins j'en rêve, j'en perds la tête, tes seins comme ça, oui... Voilà... comme ça, oui... Ouvre-toi. Tu es si belle, si salope aussi. Tu me tues, pardon... Pardon, je ne voulais pas dire ça, écarte, oui, attends... J'attends... Prends-moi en toi. C'est bien comme ça, prends-moi. Prends ce que tu voudras et quand tu voudras te déprendre, je me retirerai. »

Je n'avais jamais regardé un homme dormir, je veux dire : l'homme nu de l'amour. Sa poitrine se soulève, lente, impressionnante, le duvet sur son torse se hérisse, duvet encore perlé de sueur. Plus bas je glisse, le duvet se fait dense et la toison plus sombre, friselée et soyeuse, est une cachette brun-roux où dort dans son étui de peau fine le sexe détendu, couleur d'acajou, si différent des autres appendices que j'ai pu connaître et qui ne furent pas bien nombreux mais plutôt rosâtres, plutôt anémiques — froncés, renfrognés dans la nuit de la honte —, semblables à ces larves de hannetons que la terre transie cache dans son hiver.

J'aime cet homme brun, cet homme à la peau tannée, à l'odeur violente, au sexe brûlant qui en moi se répand par longues saccades. « ça y est, Chérie, je gicle » ; et je voudrais trouver les mots pour lui répondre mais je ne les connais pas. Alors je me contente de crier que j'aime.

*

1926, Pleasant Avenue

J'ai épousé une poupée mâle et blonde pas capable de bander. Une poupée... comment la décrire ?... allez, je t'épargne l'ennui. Ma vie fut-elle seulement ce grand ratage ?

« Non, bien sûr, Miss Zelda, vous êtes jeune encore et notre monsieur a beaucoup à apprendre.

— Merci, Auntie. Prends-moi plutôt dans tes

bras. Je n'ai plus l'âge des mensonges, mais j'aurai toujours l'âge des caresses. Cueillons toutes les pivoines, Auntie, et tressons nos cheveux de fleurs. On sera les filles nénuphars ; deux vraies filles du Sud.

— Deux filles du fleuve, Miss Zelda, et notre Alabama est la plus belle rivière au monde. Dit-on. »

Notre Alabama, Auntie, et le Rhône français.

Le delta du Rhône, Auntie, tu serais étonnée. L'aviateur m'avait emmenée là-bas.

« Miss Zelda, tu vas te faire mal encore ! *Baby girl*, il faut oublier, renoncer à chérir tes péchés ou le bon Dieu te jettera direct en enfer ! »

On avait poussé la porte d'un cabanon abandonné et on y est restés trois jours et trois nuits. Des gardians — *c'est leurs cow-boys à eux, Auntie, la winchester en moins* — nous ont loué deux chevaux camarguais, des bêtes épaisses et pourtant agiles. On montait toute la journée, à cru, parmi les marais du delta infestés de moustiques, j'avais l'intérieur des cuisses en sang, je brûlais (le soleil brille et brûle aussi là-bas), mais je sentais seulement les muscles de ma monture, la soie rude de son dos, aucune douleur, non, rien d'autre en fait que l'air salé et le regard de l'aviateur posé sur ma nuque, sur mon cul, sur mes cuisses.

Mon corps est un fleuve, mon corps s'appelle Alabama au centre de mon corps est le Delta dans la baie de Mobile mes jambes dessinent une presqu'île nommée Plaisir Elle plonge dans le Golfe du Mexique Un jour je t'y emmènerai Un jour, Joz, je te le jure Un jour nous nous rejoindrons à Pleasure Island pour ne plus nous quitter *Jamais Plutôt crever disais-je et j'ai tenu promesse Mon corps est un Río tari Corps de cailloux Corps grand désert Corps du délit.*

*

Ses ailes de poitrine, en métal argenté, sont collées à son cœur avec les insignes et la barrette. J'aimerais qu'il m'enlève sur ces ailes-là. La nuit je ne dors pas, la nuit je me lève, je décroche du cintre sa veste d'uniforme et la presse contre moi, j'étreins sur ma peau nue le parfum de son absence, sachant que nous sommes des fantômes — et je baise le métal froid des ailes déployées. Garde-moi ! Replie tes ailes et enveloppe-moi ! Garde-moi en toi, même quand la loi nous aura séparés.

*

Sur la corniche de l'Estérel, la voiture souvent mordait la lèvre du précipice : les pneus crissaient, la carlingue flottait, les roues côté abîme semblaient perdre le contact avec le bitume — mais moi, quelle adhérence avais-je encore avec ce monde ? Je ne criais même pas. Joz parut déçu. Sans doute était-il habitué à ce que les autres filles hurlent, supplient, pissent dans leur culotte et se raccrochent à sa nuque. Je me contentais d'allumer une cigarette dans mes mains en cornet, puis la déposais à sa bouche si rouge, si charnue. Allez :

je savais qu'il était fier de moi et je crânais pour lui montrer, à lui comme aux autres, que je valais bien le temps qu'on me consacrait. Il m'appelait *partner*, il m'appelait copilote. Oh ! j'étais si fière.

Je voudrais tant piloter moi-même, ai-je dit. Il a joué l'étonné : « Une femme comme toi devrait savoir conduire.

— Je ne parle pas de voiture.

— Ah non ?

— Je parle de ces jeunes femmes, elles ont mon âge, Hélène Dutrieu, Adrienne Bolland, Germaine je-ne-sais-plus-quoi. Je veux que tu m'apprennes à voler.

— Une aviatrice ? Tu veux vraiment ressembler à cette engeance de femmes qui rêvent d'avoir un manche ? »

Et il a éclaté de rire. Je ne comprenais pas tout. Lorsqu'il se mettait à parler français, je savais que c'était pour se moquer de moi. Il me chassait du cœur même de mon amour, ce cœur que formaient nos deux corps nus enlacés sur le sable — et c'était comme s'il m'avait d'un coup de pied aux fesses remise dans le bateau pour New York.

« Tu es folle, mon loustic. Je t'adore. »

Je le battais à tout : à la course, à la nage, et même au galop. Je le battais au plongeon dans les calanques de la côte. Une nuit, pourtant, j'ai bien failli y passer, quand, me jetant d'une falaise inconnue, très vite je me ramassai dans une eau trompeuse et me déchirai la moitié du corps sur les fonds rocheux. Je frissonnais dans ses bras. Plus je claquais des dents, plus il me serrait contre lui, toute menue, comme un grand rien contre lui si plein. Sa poitrine chaude s'étendait tel un continent, et sur ce continent j'étais bien.

J'avais la paix, enfin. J'avais l'amour.

(Quand Scott pour se venger voudra me conduire en exil, nous reprendrons la grande corniche, et j'aurai peur alors — parce qu'il était saoul, tellement ivre qu'il lâchait le volant pour fouiller ses poches à la recherche d'une cigarette et la voiture à chaque embardée nous plongeait un peu plus sûrement dans la mort, le vacarme, la charpie, et tout ce cirque suicidaire n'avait rien à voir, strictement rien, avec la conduite souple et sexy de l'aviateur. Sans qu'il dessoûle jamais, nous atteindrons au matin la Suisse, le pays neutre où sont étouffés les conflits. Et c'est là, dans une clinique équipée, c'est à Lausanne et son palace de haute sécurité que Scott me fera punir, dans le moins neutre et le plus étouffé des secrets.)

. . . .

Entre ceinture et nombril, dans ces quelques millimètres qui séparaient la boucle du ceinturon

1940 et le centre de cet homme, un fin triangle de duvet brun s'offrait comme un sexe de vierge. C'était délicieux et si douloureux pour moi que parfois je lui demandais — quelle tête il faisait alors ! — de cacher son nombril sous les linges. L'odeur de l'aviateur : aujourd'hui encore, par éclairs sidérants, l'odeur de sa poitrine me tire les larmes des yeux et fait trembler ma main sur la toile. Je n'en dis rien. Si je dis qu'il est avec moi dans la pièce, tout près de moi, qu'il est penché là, sur ma nuque, et me regarde peindre, ils diront que les hallucinations reviennent. Se souvenir si fort est une folie. Si seulement je pouvais peindre son odeur. « Ces choses que vous avez refoulées », me dit le docteur. Mais non, justement, je ne peux rien refouler : tout est présent, présent et agissant tout le temps, au premier plan. Je me désagrège de ne pouvoir oublier, étouffer, rejeter : je n'ai ni écran ni arrière-plan. Pas même une arrière-pensée. ... Eh ! c'est moi quand même, petite-fille d'un sénateur et d'un gouverneur..., fille du juge président de la Cour suprême, c'est moi, paresseuse à l'école avec un gros zéro de conduite, et finalement l'épouse du grand écrivain du moment.

Maman Minnie Minnie ma mère où êtes-vous Maman ai-je été si laide que vous m'effaciez Que plus personne jamais ne m'aime ?

Party

Ma robe est en peau d'ange et c'est une très belle robe. Minnie me l'avait offerte avant notre départ dans une boutique faussement française d'Atlanta (un vieux Texan tenait la caisse, jurant que la robe était « d'époque », voulant sans doute dire qu'elle était de marque), et je suis mal à l'aise. Tous ces mensonges. Est-ce qu'on sent sur moi l'odeur du sexe ? Est-ce qu'on devine que les bains de mer ont remplacé ces derniers jours les bains d'huile parfumée ?... Scott me regarde à la dérobée, d'un air douloureux, éperdu. Il est déjà soûl avant que les premiers invités n'arrivent. La société ne semble rien déceler, on me dit au contraire que je suis en beauté, comme frappée de bonheur. Je me sens calme, si pleine, si calme. Je descends sur la plage de la Villa Marie et j'attends sans raison que l'aviateur surgisse. J'entends un sifflement. Je crois à des garnements qui viennent me reluquer dans mes maillots de bain couleur chair, ces maillots qui furent mon premier grand scandale au pays. (Évidemment, pendant une seconde ou deux, avant que les yeux ne s'affûtent, on peut croire que je ne porte rien.) Le sifflement reprend, suivi d'un murmure. Le temps que je le rejoigne derrière la dune, Joz est déjà nu, allongé sur un duvet de l'armée.

1924, été

« Ce soir, je t'ai fait un enfant. » Je ris mais il clôt mes lèvres d'un baiser autoritaire. « Ne ris pas : j'en suis certain. Un homme peut savoir ça. Nous voici liés, Zelda. Tu ne pourras plus me quitter. Et je suis à toi. » Je redescendais la dune, du sable collé partout, dans les cheveux, sur mes joues et sur mes fesses sous la robe. Ça grattait tellement que j'ai resongé à la gravière de Roquemore, où l'on plongeait nues, Tallulah et moi, sous les regards congestionnés des garçons dont la plupart n'osaient même pas escalader le piton. J'ai éclaté de rire et suis entrée dans l'eau tout habillée. À mon retour dans le patio, les regards ne se sont guère attardés sur moi : oui, je ruisselais, oui, ma robe trempée devenait transparente, mais ce n'était rien d'autre qu'une nouvelle frasque et j'en avais commis de plus scandaleuses (croyaient-ils).

Les chevaux s'échappent. Petit galop d'abord, l'aviateur tient encore mon regard dans le sien et je souris à ses dents parfaites, presque inquiétantes sous la lune, nos chevaux jouent le jeu, il et elle s'épousent, nos chevaux à frôler leurs lèvres échangent leur écume, puis sa jument secoue la tête, elle ralentit, encense, l'air de rire, insolente, elle brandit ses naseaux au ciel, le ciel est noir d'étoiles, si placide, si tranquille toile, puis, aussi soudainement qu'elle s'était refrénée, la jument s'emballe et file au grand galop vers l'horizon de la nuit. À croire que cette plage n'a pas de fin : elle court autour du monde dans un temps arrêté, c'est un tropique, un équateur, la jument emporte l'aviateur, qui sait : peut-être a-t-elle sorti ses ailes, et sur ses ailes déployées elle m'enlève mon amant, elle me le vole, ils volent, ayant outrepassé les lois de la gravité et les strictes conditions d'une vie animale, sur une orbite perpétuelle.

... *Chevaux me reviennent*, et le soleil de Catalogne, et les arènes de Barcelone... Effacez ! Effacez tout !...

Fendant la foule des visages rigolards — la plupart inconnus de moi, encore de ces demi-mondains ou parasites qu'il avait ramassés dans ses nuits de beuverie —, Scott fracassa son verre d'absinthe à mes pieds : « N'as-tu donc aucune honte ? Les filles bien ne se donnent pas en public. Tu n'es qu'une grue. » Et il me cracha au visage. Deux hommes eurent juste le temps de retenir ses épaules et sa main droite au moment où il la levait sur moi.

Ce fut un choc bien différent d'une gifle ou d'un coup de poing : non, je n'avais aucune honte. De presque rien. Mais il le savait : j'avais fait bien pire, cent fois pire que d'aller me baigner tout habillée dans une robe transparente. J'avais dansé sur toutes les tables de tous les clubs de Manhattan, mes robes relevées à la taille, je croisais les jambes très haut, je fumais en public, je mâchais de la gomme et je me pintais jusqu'à rouler dans le caniveau. Et il aimait ça, il encourageait ces débordements qui nous faisaient une sacrée cote dans le monde et surtout une lucrative publicité.

J'ai compris que l'obscénité n'était pas ma tenue ni ma nudité sous la robe, mais ce bonheur qui m'envahissait comme une ivresse, cet air d'extase qu'il ne m'avait jamais connu, je crois, et qui n'a pu lui échapper puisque même les marchands du port le voyaient sur moi. Le voyaient sur Joz et moi. Les gens qui s'aiment sont toujours indécents. Et pour ceux qui ont perdu l'amour, le spectacle des amants est une torture qu'ils nient en crachant dessus ou en s'en moquant.

J'ai eu peur. J'ai eu peur qu'il ne me reprenne. L'enclos était grand ouvert, où j'avais passé ma vie — et quelle appréhension, à l'instant d'en franchir les limites.

Lui qui n'entrait plus dans ma chambre depuis des mois, il s'y glissa ce matin-là et s'assit au bord de l'oreiller. Sans se déshabiller, dégrafant juste son pantalon, il emprisonna ma nuque dans sa main droite (celle-là qui voulait me cogner quatre heures plus tôt) et m'obligea à descendre vers la puanteur du prépuce enflammé par l'alcool : « Les filles bien ne font pas ça, murmurait-il en broyant ma nuque, elles n'embrassent pas là où l'homme pisse. Les filles bien ignorent jusqu'à l'existence de telles pratiques. Mais tu as cessé d'être une fille respectable. Alors, apprends. »

*

L'aviateur m'aime nue. Il ne se cache pas non plus. Il riait les premières fois lorsque je recouvrais d'un pan de drap ma poitrine dénudée. Si nue que ça me faisait presque mal.

1924

On sort le soir sur la plage, un verre de champagne à la main, et je me sens délivrée, me sens reine, désirée. Respectée ?

Cette nuit-là, cochée dans ma mémoire, tatouée au ciel perpétuel, il tire les draps, il dit : il fait si chaud. Quel besoin de draps aurions-nous ? Et il arrache les draps, la couverture, le traversin.

Il me baise, très doucement, à cru sur le matelas de toile rayée beige et blanc.

J'accepte, j'entreprends, je me signale par ma vertu : oui, oui, non — ça jamais !

J'aime l'entendre rire. Dans ses bras, je découvre autre chose, il ne s'agit plus de viol marital, il ne s'agit plus seulement de mouiller, d'éjaculer, de saigner et de s'enquiquiner des heures entières sans s'avouer qu'on ne s'aime plus, non, soudain il y a autre chose, sans les draps et sur nos chairs, autre chose que la saleté et la honte cousue avec.

Oh ! regarder l'amant dormir : un dessert pour insomniaque. (Le mien sent le pain d'épice et le miel.)

Et ce centre à eux, un centre médian, abrite cette chose de chair qui dort, innocente, ratatinée ou pas encore déroulée : on la connaît dans son innocence de limace, mais il arrive, par une fatale surprise, qu'elle porte la vie ou le venin. C'est dans le même lot, parfois, les deux pour le prix d'un. Et parfois, je suis prise de panique à l'idée que Scott m'a refilé en même temps qu'un nouveau chiard une horreur de maladie. Mais Scott ne couche avec personne, j'en ai peur. Le dernier enfant qu'il eût été en mesure de me faire aurait cent ans de gestation. Tout aura bientôt trouvé sa fin.

Je dis : il ne se cachait pas, et ce n'est pas tout à fait vrai. Jozan refusait de raser sa moustache, et, comme un matin j'insistais, il me dit qu'il avait eu un bec-de-lièvre à la naissance : une vilaine cicatrice lui en était restée. Peu à peu, cette cicatrice interdite s'insinua entre nous. Quelle connerie ! L'aviateur était toujours aussi beau, et désirable, et bâti pour s'envoyer, s'envoyer partout, sur le sable des plages, à l'ombre des pinèdes et des châtaigneraies, sur les rochers brûlants. À présent, j'évitais ses lèvres, moitié dégoût, moitié appréhension. Embrasser, ce n'est pas blesser !

Allez, je sais : je ne suis pas ce qu'on appelle quelqu'un de gentil ni de bon. Je reste à jamais la fille du Juge. La dévergondée que tout le monde a baisée, sauf qu'au soir de mes noces je n'avais couché qu'avec deux hommes, et le deuxième était mon mari.

Fitz ne m'a pas épousée pour le sexe : il avait déjà testé, et, s'il s'attendait à un feu d'artifice, il eut à peine de quoi frémir. Une bûche, j'étais une bûche bien longue à enflammer, comme il s'en plaignit des années plus tard au merveilleux copain et confrère, j'ai nommé Lewis O'Connor. Qui me le répéta le lendemain pour m'exprimer le pouvoir qu'il détenait sur mon mari. Je l'ai regardée, cette pédale va-t-en-guerre, et j'ai dit : « Ne rêvez pas, Lewis. Scott ne rime pas vraiment avec *hot.* »

L'aviateur français : dans ses bras, j'étais une brindille, une allumette.

J'ai demandé une dernière fois à Jozan de raser la moustache cache-misère. Il a demandé : « Est-ce que tu m'aimes au moins ? » J'ai juré que oui. Et n'ai ressenti aucun dégoût réflexe à la vue de la cicatrice. Mieux, j'ai embrassé ses lèvres neuves. Et son sexe me répondit, immense.

Pour nous, le fleuve des heures est un rapide qui roule, gronde et bouillonne vers les chutes avec tant d'écume que notre propre bonheur nous éclabousse. Et me fait sombrer cœur et âme dans l'appréhension de la fin.

Je sais la fin, mais je ne la dis pas. Je le laisse à son ivresse amoureuse, à la joie du moment, puisque cet homme est bâti pour le bonheur et n'aura pas grand regret de ce bonheur-ci plus que du précédent ou du prochain.

Ne me demandez pas comment je sais ça. Je le sais, c'est tout.

Épingles de nourrice

Ce garçon sur la plage où je meurs d'ennui m'a dit que j'étais belle. Et mûre, si j'ai bien compris son italien. Aurais-je vieilli si vite ? J'aurais pu douter du compliment si une main du garçon ne s'était aussitôt posée à son entrecuisse dans un geste si cru et naïf qu'il n'y avait pas moyen de douter de son excitation. J'aimerais n'être que belle, et vierge, et immature. N'être que moi, moi au point final. Au point originel. C'est le même.

Aime-moi. Emporte-moi. « *Ti supplico. Amami.* »

L'aviateur faisait l'amour en français et sa cour en italien. Sa famille maternelle venait des faubourgs miséreux de Rome et, lorsque Scott m'a dit que nous irions vivre à Rome tout l'hiver afin qu'il y finisse son livre loin des tentations parisiennes, j'ai frémi sans trouver le courage de lui dire non car il aurait demandé pourquoi, et c'eût été un nouvel enfer.

*

Patti est mal élevée, essaie de me dire la nourrice italienne que nous traînons depuis Rome et que Scott a grassement payée afin qu'elle abandonne sa maison pour nous suivre à Capri. Je proteste, je veux l'envoyer paître et lui rappeler avec fermeté sa place de domestique, mais ma voix flanche et me trahit. C'est moi qui fuis, rougis et bégaie d'embarras. La nourrice s'enhardit : « *E' viziata, la tua bambina.* » Scott a surgi dans la cuisine et fronce les sourcils dans ma direction. Je le laisse parler à l'horrible bonne femme, la dondon déléguée de la planète des femmes. « Elle suce son pouce, à quatre ans ! *E' una vergogna !*

— Elle n'a que trois ans et quatre mois, corrige Scott.

— C'est ainsi qu'on l'aime », dis-je avec un peu de mon aplomb retrouvé, et je couvre de baisers les joues rebondies de ma fille, ses joues et tout son corps dorés par les bains de mer.

Scott me fusille de ses yeux verts où les pupilles dilatées semblent deux canons.

« Il y a une tradition, poursuit la matrone sans se démonter, une coutume éprouvée qui explique que nous, les Italiens et les Italiennes, ayons les plus beaux sourires du monde. » (D'où tient-elle cette connerie ? Il leur manque deux dents sur trois !) « Nous empêchons le bébé de sucer son pouce dès la naissance, car sucer son pouce déforme le palais à jamais et fait pousser les dents de traviole. À cela un seul remède : ligoter le nourrisson. Une technique a fait ses preuves, qui consiste à immobiliser les coudes du gosse dans son berceau avec deux épingles de nourrice passées entre sa brassière et l'alèse, deux épingles qui le menottent au matelas et empêchent ses mains d'atteindre sa bouche. »

Le père, alors : « Ma fille a des dents parfaites et le sourire d'un ange. Nous n'aurons plus besoin de vos services. De toute façon, nous rentrons en France. Venez dans mon bureau chercher vos gages. »

Scott détestait l'Italie. Et moi, je n'avais pas le cœur maternel. Pas le cœur qu'il faut pour torturer l'enfant en vue de son salut. De retour de la poste, où il disait aller pour télégraphier chez son éditeur à New York, Scott m'annonce qu'il a loué pour six mois une villa à Antibes, merveilleuse, assure-t-il, recommandée par je ne sais plus laquelle de nos relations. « Merveilleuse, oui ?... » Je le dévisage, hébétée. J'ai peur, tellement peur de retourner sur le lieu de mon crime. Si l'aviateur était toujours basé là-bas ? Si j'allais tomber sur lui par hasard ? Antibes est si proche de Fréjus. Une villa immense, insiste-t-il, fournie avec les cinq domestiques pour presque rien. Une affaire à saisir. Et lorsqu'il m'en dit le prix, je gémis : « Mais ça va nous ruiner, Goofo ! Tu vas tout ruiner... »

Je ne sais s'il veut me mettre à l'épreuve ou s'imposer à lui-même de mater ses angoisses. Quelles que soient ses visées, sadiques ou masochistes, il joue avec le feu.

Dans la maison voisine habite une danseuse

étoile célèbre. Elle ne prend jamais le soleil et ne sort que le soir. Je guette ses apparitions sur la terrasse, nous nous faisons signe de la main ; si j'ose prononcer deux mots au-delà de Bonsoir, elle se mord la lèvre inférieure et rentre se réfugier dans son monde de silence et de musique. Elle est si époustouflante de beauté. Si pleine d'elle-même. Je voudrais tant retrouver l'énergie de la danse. Plus qu'une énergie c'est une ivresse, oui, mais la plus merveilleuse, la plus lumineuse des drogues qui fait se conjuguer l'air et la chair. Danser : ne plus penser à voler.

*

À Antibes, j'ai pu croire en une forme de paix retrouvée. Scott était remonté à Paris pour la sortie de *Gatsby*, et les nouvelles du pays étaient joyeuses : le roman faisait un tabac, la presse et le public adoraient — en quelques jours il caracolait en tête des ventes. J'étais fière de lui, de nous : c'était un si beau livre, et encore une fois j'en étais l'héroïne désirable et fatale.

Dans l'immense villa entièrement blanche, la réverbération du soleil sur les murs était certains jours insoutenable. J'ai commencé à porter des verres fumés. Je nageais jusqu'à l'épuisement, j'allais chez nos voisins Murphy monter à cheval le soir. Parfois ils me gardaient à dîner, mais c'était pour s'appesantir sur mon état fragile, ma grande solitude (sous prétexte de faire observer ses oreilles par un grand spécialiste parisien, Scott avait emmené Patti avec lui), sur ma frugalité (« Voyons, Zelda, on ne se nourrit pas de tomates et de champagne ! ») et, pour finir, je revenais de ces soirées avec un cafard décuplé. J'ai résisté plus d'une fois à l'envie d'appeler la base aérienne pour savoir s'il y était toujours en poste. Certaines nuits anxieuses, j'ai failli reprendre la corniche jusqu'à Saint-Raphaël pour y retrouver Joz. Mon corps n'avait jamais tant souffert que du manque de ce corps. En m'arrachant à lui, c'est comme si l'on m'avait plongée dans la glace. D'abord on grelotte, on sent le froid, puis l'esprit s'engourdit et toute la surface du corps se met à brûler, brûler pire que dans un feu.

Je me méfiais de moi : ces corniches qui défient les précipices (qui semblent leur faire l'amour en même temps) m'avaient tant de fois donné l'envie de fermer les yeux et de jeter la voiture dans le vide. Ces soirs-là, je prenais des cachets, des bromures et beaucoup de champagne. Je me réveillais douze heures plus tard, hagarde et migraineuse, mais avec la fierté d'avoir tenu bon : une épouse héroïque.

Oui, j'ai cru quelques semaines que tout n'était peut-être pas perdu pour Scott et moi.

*

Puis ce gros lard est entré dans notre vie. L'amateur de corridas et de sensations fortes. L'écrivain le plus pute et la gloire montante de notre pays. Il n'était pas si gros ni si célèbre, alors. Il n'avait pas même publié. C'est Scott qui a dû écrire à Maxwell, chez Scribner, pour lui recommander de lire et d'éditer ce jeune homme prometteur. Jeune, mais déjà la vantardise l'étouffait ; la mythomanie le bouffissait. Je les revois arriver tous deux, hâves et mal rasés, l'air heureux, je les revois passer la porte vitrée de la villa du cap d'Antibes et j'entends Scott nous présenter, ému : « Zelda, voici Lewis. Lewis O'Connor, dont je t'ai déjà parlé. » Je fus aussitôt frappée par la morgue de Lewis, par cette assurance que seuls les imbéciles et les faux artistes ont d'eux-mêmes. À peine nous nous serrions la main, j'eus envie de le gifler.

De savoir que Scott l'avait ramassé au Dingo n'arrangeait rien.

Ils avaient fait la route toute la nuit ensemble, dans la Renault Sport que Scott avait achetée avec les premiers dollars de *Gatsby*. À la façon dont ses regards s'arrêtaient, écarquillés, sur l'admirateur hypocrite (je ne crois pas une seule seconde que Lewis ait lu une traître ligne de Fitzgerald avant de le rencontrer dans ce bouge), je compris que Scott était vampé, à genoux devant ce cadet si viril et sportif. Oh ! Scott aurait tant voulu être un champion de football. À quinze ans, c'est dans les pages sportives qu'il voyait son nom s'étaler, pas à la rubrique Livres, pas même à la rubrique mondaine, mais l'université l'a recalé. Pas gaulé pour.

Deux hommes ne mesurent jamais la dimension

physique de leur attirance l'un envers l'autre. Ils l'enfouissent sous les mots, sous des concepts sentimentaux tels que la fidélité, l'héroïsme ou le don de soi.

J'ai tout de suite compris que le poussah n'avait qu'un objet : ravir sa gloire à Scott. Comme j'ai compris que j'étais un obstacle, une rivale, l'ennemie à ses yeux. Mais pour détrôner Scott, il lui faudrait des armes dont il n'a pas idée, tant il est loin de comprendre notre littérature de libération. Quant à y appartenir, quelle farce ! Il nous assomme avec ses récits sanguinolents. L'écrivaillon aime saisir les couilles du taureau... Ça doit l'impressionner, ou l'exciter, lui qui n'en a pas. À moins qu'il ne préfère les couilles du torero, qui sont tout de même celles qu'on voit le mieux, ensachées dans la culotte moulante, or et rose.

Son regard n'est pas juste un regard : c'est une nuée de papillons qui fondent, aveuglés, sur la braguette de Scott. Non, je ne suis pas démente. Je n'invente pas. Je prononce.

Lui, la grosse fée si fière, intimant à Scott : « Sois un homme. »

Disant, ogre folasse, comme je l'entendis un jour par une porte entrouverte : « Tiens ta femme, ou elle te nuira. » Et Scott, alors : « Ma femme, j'en fais mon affaire. »

Retour à la maison mère

Ai-je été assez punie ? On dirait que non.

... *Cauchemar me revient*, suffocant, des arènes de *1925* Barcelone. Ces hommes en noir comme une assemblée de croque-morts, leurs grosses femmes en noir, voix de bêtes égorgées sous le chapeau de paille, leurs enfants dégoûtants, excités à la vue du sang.

Et le sang ne manqua pas. Il paraît qu'elles sont très belles, les arènes de Barcelone, j'y étais, je devrais m'en souvenir, mais je ne me rappelle pas les mosaïques. Je revois la foule endimanchée, parfumée, quelques reliefs de tortilla éparpillés sur les chemises blanches et les corsages noirs. Je revois la parade ; la fanfare, je l'entends ; et la clameur ; je revois le cheval candide, allant son trot léger, presque magique sous le lourd caparaçon vermeil, et je me souviens d'avoir peiné avec lui, d'avoir prié pour lui, un soleil de mort éblouissait la place en ricochant sur l'apparat grotesque (l'armure grinçante du cheval, oui, et les boléros vert et or des cavaliers) et c'est tout juste si je revois la tête noire aux naseaux écumants incliner ses cornes sous le ventre du cheval puis, l'ayant embroché, soulever telle une chiffe cette poupée de mille kilos de muscles et de dorures. Le cheval, sans un son, bascula : de son ventre ouvert coulaient les entrailles. Le temps de comprendre, le sable était une mare de sang. Cheval éventré les quatre fers en l'air. Le métal doré de son déguisement aveugle encore les spectateurs, qui n'a servi à rien, ne l'a protégé de rien. Et près de nous, dans les gradins, Croque-morts en foule rouspétant, Femmes empaillées se signant et leurs Infants vêtus de blanc hurlant de plaisir à l'odeur du sang chaud. Et tout contre moi, blottie, les yeux cachés sous ses petites mains, il y a Patti, quatre ans à peine. Ma fille en moi réfugiée. Ma fille enfouie dans ma poitrine et hurlant au secours. Je la décolle à peine de moi, je vois ses larmes, je vois surtout que le sang est en train de quitter son visage adoré, alors ma fille se dresse et chancelle, lève sur son père et Lewis un regard blessé, et d'entre mes bras ma fille s'évanouit, tombe sur le gradin, meurt, on dirait.

Ce jour-là, un cheval a été sacrifié afin que la barbarie trouvât son dû. Et la barbarie fut doublement flattée : après l'interminable agonie du cheval traîné par un char sur le sable honteux, elle eut droit à l'exécution du taureau criminel dont le sang ne bouillonna pas moins en longues gerbes généreuses. L'un hennissait et se débattait, ses yeux affolés se révulsaient de ne pas comprendre, ses jambes dressées au ciel imploraient une raison ;

l'autre, le noir criminel, avait entre les omoplates un sabre si long qu'il le traversait de part en part et le fit fléchir sur ses pattes avant et se rendre (si tant est qu'il y ait eu bataille) et lorsqu'elle le vit ainsi courbé et rendant les armes la Foule des gradins se dressa pour hurler sa Joie, les Fossoyeurs ouvrirent leurs braguettes, les Femmes arrachèrent leurs mantilles et toutes se ruèrent sur les Queues puantes que le Jour du Seigneur il est permis de communier, et tandis qu'elles avalaient le Corps du Christ et la Semence du Père, les Infants terrorisés cherchaient où donner de la bouche, où et comment inventer une nouvelle Boucherie, une autre Foutrerie, et tout cela suçait, palabrait, étudiait, tandis que sur son brancard le méchant taureau mal achevé pleurait encore comme un tout petit veau. Et personne n'avait plus un regard pour lui, l'émissaire mourant, naguère si dangereux, naguère appelé le Diable.

. . . .

« La corrida, docteur, sachez que c'est juste après la messe. On ne quitte pas ses habits du dimanche, on avale bien vite une tortilla et hop ! on file à la plaza de toros voir cracher le sang. Le sang et les tripes. »

. . . .

Je suis devenue la mère de ma fille. Ma fille qui m'ignore, ne sait réclamer que son père. Ce jour-là est coché dans le calendrier vierge et vide de tant d'années passées à s'éviter. Je me suis sentie morte, moi aussi, anéantie, puis tellement plus forte. « Tu es un porc, ai-je dit à Lewis, tu es la truie pourrie qui couve des serpents. N'approche plus jamais ma famille. Disparais ou je te tuerai à mains nues. » J'ai pris Patti dans mes bras, puis nous sommes descendues, gradin après gradin, vers la première bouche de sortie. J'ai donné des coups dans les dos gras, dans les jambes variqueuses. Ceux qui protestaient, je leur enfonçai mon talon dans le pied en disant les seuls mots que je connaissais : *mierda de puta*, ou l'inverse, *puta de mierda*, je ne sais plus. Le soleil accablait ma nuque, la sueur noyait mes yeux, de noires lucioles tournoyaient dans l'air et tout semblait sans issue.

Sur la place ombrée de palmiers trônait une fontaine, un bassin d'eau si fraîche qu'on s'y est plongées, Patti et moi, tout habillées. Deux veuves de croque-morts nous regardaient depuis une tonnelle. Elles ont ri, leurs bouches noires réunies ne comptaient pas plus de cinq dents, mais elles souriaient de toutes leurs cinq dents et nous adressaient des signes affectueux pour nous dire que oui, le sens de la vie c'était la fontaine, pas l'arène.

Oh ! Patti ! Ton nom jamais assez dit.

*

La pire punition lorsqu'ils m'arrachèrent aux bras de Joz ne fut pas l'humiliation publique. Oh ! je fus bouclée trois mois dans une maison vide à *1924* l'écart de tout, surveillée par une cuisinière aux yeux noirs enfoncés comme des clous dans son visage où transparaissait la tête de mort, escortée pas à pas par un jardinier factice qui sursautait au moindre bruissement dans les mimosas, à la moindre brise dans les ajoncs.

C'est elle qui ouvrait ma chambre le matin, c'était lui qui m'enfermait à clef le soir...

Dans cette solitude j'écrivais, mon cœur incarcéré avait pour le soutenir un esprit encore sain. J'ignorais que Scott lisait mes cahiers dès que je quittais ma chambre pour aller sur la plage, flanquée de mon garde du corps. Ces mots de moi, il les copierait, texto, parfois des dialogues entiers, des pages entières qui formeraient les nouvelles alimentaires qu'il envoyait à New York, dans mon dos. Mais tout ça n'était rien encore.

Le vrai châtiment fut énoncé en ces termes sobres par une lettre que Scott me fit envoyer par un avocat : « En devenant une épouse adultère, tu comprendras que tu as perdu tes droits de mère. Je ne laisserai pas une génitrice au comportement indécent prendre aucune décision pour le présent et l'avenir de ma fille. Je te prierai donc de te faire discrète et de renoncer à tout droit de regard sur l'éducation de Patricia Frances. Et comme tu n'as pas plus le sens des responsabilités que de sens moral, je pense que cet arrangement te soulagera : te voici déchargée de ces devoirs qui incombent à tout bon parent. Je choisirai les nourrices, les domestiques, les précepteurs, les écoles, l'occupation des loisirs et les dates et lieux de vacances, bien sûr. »

J'ai été assez faible pour me soumettre. Quel avocat m'aurait défendue, moi ? Et qui appeler ? Certes pas le Juge : nous étions à des milliers de kilomètres, séparés par un océan, et j'ai pensé que cette distance qui leur permettait d'échapper au scandale, mes parents n'auraient pas envie de la réduire.

Patti fut perdue pour moi à jamais. Après l'incident de Barcelone — cette parenthèse violente qui pour moi, si paradoxal que cela paraisse, allait demeurer un souvenir heureux —, très vite elle se rendit à l'évidence : c'est de son père qu'elle avait besoin jour après jour, lui qui tenait la maison et les cordons de la bourse, lui qui était célèbre et adulé (même si ce fut de moins en moins vrai, mais les enfants interprètent les signes d'amour ou de rejet, pas ceux de la désillusion et du dépit), c'était lui qui décidait pour son bien et c'était moi la femme échevelée, la forcenée qui criait accro à sa morphine, moi qui disparaissais des mois, des années en clinique — moi qui mettais le feu à la maison.

*

1940, avril

J'ai quitté le Highland Hospital pour revenir vivre à Montgomery, avec ma mère, dans son douaire du 322, Sayre Street. Ce qui s'appelle retourner à ses racines. Ou plus inquiétant :

retomber en enfance. Il y a un petit bungalow, un peu en contrebas de la maison mère. C'est là que j'ai voulu vivre, seule, frugale et peinarde. Au moins ne suis-je pas obligée de manger trois fois par jour. J'ai tant épaissi, me suis tant déformée que je ne me vois plus dans la glace : en même temps que mes traits s'empâtent, que mon menton s'alourdit, mes yeux se creusent, s'enfoncent dans les orbites. Je grossis par manque d'exercice, par excès de neuroleptiques, et je déteste cela. Ils m'ont porté le coup fatal avec leur *choc sucré*.

Je crois bien que je ne me suis jamais sentie aussi minable que dans cette cure d'insuline... on m'a fait bouffer des féculents, on m'a gavée de sucres, par voie orale et sous perfusion... puis les shoots d'insuline me plongeaient dans le coma. Ils l'ont tellement fait que je ne suis pas sûre d'avoir repris conscience dans ces trois mois que durèrent les chocs sucrés, où j'ai pris vingt kilos.

(Mon Dieu..., bordel de Dieu, si quelque chose existe au-dessus de ma tête, une instance supérieure — ah ! qu'elle me délivre de ces tortures philanthropiques !)

Patti dit que mon embonpoint n'a aucune importance puisque j'étais trop maigre avant. Aucune importance ! Je me sens perdre tous mes moyens, non seulement physiques mais intellectuels. Je suis enfermée derrière deux capitons : celui des murs de l'asile, et celui de ma graisse.

De ma fenêtre, je vois les avions pulvérisateurs s'élancer vers les champs, qu'ils arrosent d'une fine pluie jaune ou bleue selon la nature du produit qui tue. J'ai tant de chagrin. Pourquoi Scott voulait-il me garder, pourquoi m'a-t-il enfermée pour me garder, si c'était pour me lâcher à l'heure où je décrépis et me fane ? J'aurais pu avoir Joz. Je lui aurais fait deux enfants, ce fils, Montgomery, et une fille, Alabama, on aurait construit une maison en dur sur la plage et j'aurais peint, j'aurais été là-bas, dans ses bras sûrs, au meilleur endroit du monde pour peindre. Je pouvais compter sur lui.

Scott, je n'arrive même pas à le haïr. À présent, je le regarde comme on regarde un gamin de dix ans. Je l'aime trop pour lui dire combien il m'a fait du mal.

Il y a bien longtemps que nous ne parlons plus, Minnie et moi. Son absence à mon mariage, la mort du Juge puis le suicide d'Anthony Jr ont eu raison de notre ancienne complicité. Nous jardinons ensemble. Maman est une mine d'enseignements sur le jardin, elle sait bouturer et greffer comme une vraie pro. Souvent, je dois m'arrêter, fourbue dès le milieu d'après-midi : j'ai abandonné tout exercice, les neuroleptiques, les drogues diverses et les séjours en cage ont détruit mon corps qui ne répond plus ; Minnie, elle, court sur ses quatre-vingts ans et certains jours m'en remontre en alacrité. Lorsqu'elle me voit trop pâle, en nage et épuisée, Minnie me fait asseoir sous un porche ou à l'ombre fraîche d'un paulownia et nous buvons du thé glacé en silence. Il n'est jamais question de Francis et de sa maîtresse californienne, jamais question de mes écrits ni de mes tableaux, et très rarement question de Patti qui vit à l'université très loin de nous.

« Plus loin que ce globe d'attente »

Dans mon accoutrement d'hier soir, un long fourreau noir brodé de paillettes d'or qui miroitait sous les éclairages du Ritz, je me croyais désirable, si précieuse — l'idiote ! J'étais la femme de l'écrivain le plus célèbre du monde et le plus jeune dans sa catégorie : vingt-neuf ans. Et moi, défaite à pas vingt-six ans, on aurait dit que j'étais sa suivante, sa chienne. Scott m'a regardée de son *glance* bleu-vert, du même bleu polaire qu'il fait dans ses verres de gin.

1926

« Voici que tu te couvres d'écailles, me dit-il, balbutiant. C'était donc écrit. »

J'ai cru à une hypnagogie, une hallu d'ivrogne.

« Je t'aimais tant, Scott. Je ne suis pas une sirène. Je n'ai aucune magie. Rien que mon amour pour toi, Goofo.

— Tu dis ça. Personne n'y croira. » Il se mit à glousser : « Et puis, je ne pensais pas à une sirène. Je pensais à une vipère. Tu es si abjecte. »

Alors l'idée m'est revenue, l'idée soufflée par Jozan l'année dernière : « Dis-lui qu'il est cocu.

Cocu, il te rendra ta liberté. » Mais non. Cocu, il me revoyait comme étant sa femme — sinon désirée, à jamais possédée.

Nous ne sommes pas tout à fait ordinaires, il faut croire. De m'avoir perdue m'a rendue soudain nécessaire. Scott faisait tout en romancier : après m'avoir punie, il a cherché à me changer.

Il a choisi les plus renommés des psychiatres. Ainsi restons-nous entre célébrités.

*

Il y avait tant de cuistres chez les Stein. Ce prétentiard de Lewis avait déjà pourri la soirée en obtenant de lire ses dernières nouvelles que seuls quelques Français, n'y comprenant goutte, applaudissaient. Je me suis sauvée avec René. Vraiment, je préfère aller danser à La Revue nègre, au Polidor, à La Coupole... René est ce jeune poète pas très viril (Scott l'abomine) qui vit avec Coconut, une irrésistible pédale de chez nous — et par ailleurs bon peintre, j'en suis certaine. Ils m'entraînent dans les bouges de la Rive droite, les bars d'invertis de Montmartre et des Champs, où je ne me sens finalement pas si mal, et aussi les bals cosmopolites, que j'adore, où les faces vont du plus pâle au plus noir en passant par toutes les nuances de basané. Il y a bien longtemps que Scott ne danse plus avec moi ni avec personne. Les dancings l'ennuient, il trouve épouvantables ces murs rouges et les lanternes orange ou bleues, il ne supporte plus les orchestres de tango qui précèdent la formation de jazz. Moi je m'y sens dans un état étrange, ailleurs et en même temps chez moi : avec leur lumière tamisée, si douce à mes yeux fragiles, avec leur musique excitante, ces boîtes me rappellent les speakeasies de Manhattan et surtout la guinguette clandestine, dans une anse du fleuve Alabama, où le samedi soir Auntie Julia et sa sœur chantaient au milieu d'hommes soûls et belliqueux. Avec Tallulah, on prenait nos bicyclettes et on allait regarder leur tour de chant à travers deux planches disjointes d'une cloison du bastringue. Puis on faisait comme elles : enfermées dehors, on dansait des heures entières, sans retenue, la robe relevée à la taille.

Coconut glousse quand de grands gars sans doute un peu vénaux se frottent contre lui en dansant ou le soulèvent dans leurs bras : parfois, ils disparaissent dans des sous-sols interdits aux femmes, le fumoir, disent-ils, d'où Coconut ressort tout rouge, un sourire stupide aux lèvres et l'œil vitreux de qui vient d'être baisé. « Cette ville est étonnante, non ? me souffle-t-il à l'oreille. On dirait que tous les pédés, toutes les gouines et tous les nègres d'Amérique ont choisi Paris comme cité-refuge. Pas de prohibition, pas d'inhibitions.

— Alors, Coco, explique-moi pourquoi je n'ai pas le droit de fumer ? »

Lorsqu'il éclatait de rire, Coconut me mettait mal à l'aise. Son rire de gorge charriait plus de chagrin que de joie.

René me dit, lui, des choses plus étranges. Comme de changer d'orbite. De quitter la trajectoire, *loin, plus loin que ce globe d'attente*. Il dit que le suicide est un acte chic, pourvu qu'on meure entouré de camélias blancs et de quelques gobelets emplis de violettes : le sang sur les draps n'en paraîtra que plus vermeil. J'ai une faiblesse pour ces hommes-là, ces visions-là. Pourquoi ne suis-je pas un homme ? Mon amour des hommes s'en serait trouvé facilité ! Je suis différente. Fragile, disent-ils. Fêlée, enfoncent-ils. *So weird*.

« Le camélia est l'emblème de mon pays, ai-je dit. Un État que vous ne pouvez pas connaître — le trou du cul du monde. Il s'appelle Alabama.

— Alors je viendrai me suicider chez vous. Là-bas, en Alabama. »

3

APRÈS LA FÊTE

« Il s'agit d'une petite anxieuse épuisée par son travail dans un milieu de danseuses professionnelles. Réactions violentes, plusieurs tentatives de suicide toujours interrompues à temps. »

PROFESSEUR CLAUDE,
psychiatre à la Malmaison,
Rapport sur Zelda Fitzgerald.

Autruches

L'explication de la vie n'explique rien.

Plus je me livre au jeune docteur du Highland Hospital, plus je mesure l'échec de l'intelligence à saisir son essence. J'en ai tant vu de ces docteurs. (« Au moins cent ! » affirme Scott et j'entends qu'il fait l'addition des honoraires.)

1940

Celui-ci est jeune, et doux, son regard bleu marine me regarde sans me disséquer ni me soupçonner.

Treize mois dans ma vie — cela semble peu mais c'est bien trop déjà —, j'ai dû me cacher pour écrire. J'avais trente et un ans. J'acceptais pourtant l'empire et l'emprise sur moi d'un époux jaloux, névrosé et perdu. Jusqu'au jour où c'est devenu invivable.

Et pour une fois, depuis dix ans, depuis vingt cliniques au moins sur les deux continents, cette fois enfin le jeune docteur m'a dit : « Je vous crois. »

. . . .

Scott, bourré, pisse dans le lavabo. Parfois à côté. On trouve au matin des gouttelettes d'urine séchées sur le carrelage, et des coulures jaunes sur la faïence. Est-ce que je vis dans un zoo ? Est-ce que la gloire est là pour cacher le zoo ? C'était pourtant notre accord — du moins nous l'étions-nous promis —, tout s'autoriser à l'intérieur de la plus grande propreté. Je crois bien que je suis en train de perdre mon mari. L'homme délicat, si tatillon naguère et doté d'un odorat soupçonneux, s'accommode aujourd'hui des bras de n'importe quelle grognasse à l'encolure cernée de gris. Il ne sent même plus sa propre haleine, fétide, irrespirable. Il s'habitue à baisser. Épouse la pente. La précède, qui sait ?

Car le monde nous abîme maintenant : ils disent que Scott vieillit trop vite, qu'il grossit, que l'alcool le défigure. Mais que croient-ils, les imbéciles ? Ses livres lui passent par le corps, ses romans trop rares et ses textes mercenaires tellement, tellement nombreux. Accessoirement, ses livres sont passés par mon corps aussi. Les gens, écrire, pour eux, c'est comme une longue conversation que l'on aurait avec soi-même, comme une confession devant le prêtre de la famille (je me rappelle le presbytère de Saint-Patrick, tout le laïus catho de ce curé irlandais qui sentait la friture et j'avais mal au cœur à cause des tubéreuses en vase sur le petit autel, les tubéreuses et l'huile rance, leur parfum capiteux mêlé au graillon, la tête me tournait, mauvais ménage, me disais-je, dangereux mariage, j'ai cru défaillir, tomber sur le pavé noir et blanc), et pour d'autres encore, écrire c'est comme se coucher devant un monsieur ou une demoiselle Freud.

Mais non : écrire c'est passer tout de suite aux choses sérieuses, l'enfer direct, le gril continu, avec parfois des joies sous les décharges de mille volts.

*

Hier, rue de Fleurus, chez les Stein.

Lewis : « Écrire, c'est boxer avec ses confrères, qu'ils soient vivants ou morts. » Ils applaudissaient, gloussaient, Scott le dévorait des yeux, triste autant que séduit.

« Quel connard, a murmuré René. C'est ça, la relève américaine ?

— Il est à peu près aussi profond qu'un bain de pieds, a dit Coconut, en français et assez haut pour être entendu. Viens, Zelda, on va là où sont les vrais hommes qui boxent. »

Scott m'a regardée partir avec eux en souriant de mépris. Puis il se tourna, les yeux mouillés, vers le géant dépoitraillé qui déjà le conchiait en privé. Mais Scott l'ignorait. Scott voulait un homme à aimer, à révérer, quelque cruel et traître que fût cet homme.

Je ne prétends pas me mesurer à l'amour qu'il eut pour son père mais, parfois, je me demande si un jour il m'a aimée plus que Lewis, plus que Wilson, plus que Bishop. Cet ardent désir de me posséder, était-ce bien ce qu'on nomme l'amour ? Jamais je n'ai été regardée de la façon recueillie et absolue dont il regardait Lewis cette nuit-là. Des flammes dansaient dans ses pupilles dilatées. De ses yeux je n'ai connu, moi, que l'iris vert pâle, élégant, presque transparent, et le blanc explosé d'alcool. Ce feu dans les pupilles noires, quel sentiment l'attisait soudain ? Je n'ai pas fini de me poser la question. Je n'aurai jamais fini.

*

Je n'ai pas connu ma mère à l'heure de sa fraîcheur (elle était vieille et obèse et les reins corrompus quand je naquis) mais un cliché d'elle à vingt ans la montre dans toute sa séduction : peau laiteuse, yeux bleu porcelaine, et avec ça un nez presque aquilin, un nez noble pour aller avec le corset, les longues anglaises blondes, le nom révéré du pionnier.

Ma pauvre mère n'a pas toujours été un modèle de femme américaine : il fut un temps où elle se rêvait actrice et chanteuse. Mais son père (mon grand-père esclavagiste et sénateur) lui signifia qu'il l'étranglerait de ses propres mains plutôt que de la voir chanter nue dans un lupanar. Nue, c'est lui qui le disait. Elle voulait juste jouer le répertoire. *Brimée, bridée, brisée.*

Et brimant, brisant à son tour.

Auntie Julia, les soirs de récital, avait toujours des gardénias dans les cheveux. Sa sœur Aurora, dont chanter était le seul revenu avouable, se produisait dans une robe aussi fine que du papier à tabac, et sa seule fantaisie était un éventail de plumes à baguettes de strass — un luxe sensuel qui me sidérait. Tal et moi avions fini par trouver une place confortable à l'arrière de la guinguette et un point de mire parfait, une trappe entrouverte par laquelle nous ne voyions les chanteuses que de dos, Auntie et ses épaules lourdes, Aurora et ses jolies fesses nues sous la robe, et, de face, comme si c'était nous qu'ils fixaient, tous ces hommes excités aux yeux noirs en fusion. Un soir que nous étions là, cachées, à resquiller le spectacle interdit, deux clients nous ont surprises. La tête de ces hommes !... quand ils ont réalisé que deux adolescentes blanches étaient là, filles de sénateur et de juge — ceux-là mêmes dont le boulot est de pendre haut et court les négros comme eux —, quand ils ont commencé à imaginer les représailles si jamais le marshal et ses hommes avaient vent de cette incursion. Que ne dirait-on pas ? Qu'ils les avaient violées, évidemment, forcées à boire puis forcées tout court, et que ne diraient-elles pas, ces petites sorcières blanches et riches, pour s'exonérer aux yeux de leurs pères détenteurs de la Loi ?

En trois phrases et vingt secondes, Auntie m'avait appris la politique. Et je dois confesser que je n'ai pas aimé ça. Tallulah non plus. Parce qu'on était trop bien sous la galerie de la guinguette, à suivre la musique, à danser, débraillées oui, mais sans l'idée du crime, sans l'idée de provoquer. On était bien, on dansait. Danser n'est pas un crime.

. . . .

À l'époque de sa cour, Scott m'avait fait cadeau d'un grand éventail en plumes d'autruche bleues que j'ai gardé avec moi toute ma vie, même au gré de mes transferts hospitaliers. L'éventail trouvait toujours sa place — sinon son utilité — dans un soufflet de valise.

*

Dans les bus de Paris, dans les bars, dans les boîtes de jazz, je frôle beaucoup de noirs (ici, les gens bien disent « hommes de couleur », exactement comme l'aristocratie d'Alabama à laquelle j'appartiens) et ces noirs vont libres, pas séparés des blancs, ils sourient avec simplicité et, bien qu'ils soient propres, *cent fois plus propres que les colorés de chez nous*, parfois la tête me tourne s'ils entrebâillent leur veston ou retroussent les manches de leur chemise impeccable, car alors je retrouve Auntie, ma nanny... *enfin..., pas elle en personne, mais le jeune fils d'Auntie, si doux, si bien élevé, qui bossait aux écuries et me hissait, petite, sur mon poney appaloosa. Parfois je faisais exprès de rater l'étrier pour tomber dans ses bras. Et dans ses bras c'était c'était c'était mal C'était si doux que c'était mal Je crois.*

À y resonger aujourd'hui, avec sa robe blanche constellée de taches noires comme peintes à l'encre de Chine d'un pinceau léger, ce double poney — pour moi un cheval immense — cherchait à nous dire quelque chose.

Ce jour de 1920 où je quittai la maison, où Scott vint me chercher à la gare — ce jour où mon prince m'enleva —, ma mère devenue étrangère m'inspecta sous la véranda, des pieds à la tête, avec dégoût. Enfin elle vit dans mes cheveux la guirlande de gardénias composée par Auntie : « Bien sûr... Il ne te manquait plus qu'une coiffure de négresse. »

Danser

Place de Clichy. J'ai fait tant d'heures à la barre et sur les pointes que mes pieds étaient en sang, mon entrecuisse déchiré par les étirements. Lioubov dit que je suis une exaltée, puis elle rit en attrapant une cigarette rose à bout doré, de celles qu'elle fait venir, j'ignore comment, de sa Russie perdue. Quand j'ai dû chercher un taxi sur le boulevard, je marchais à peine, boitillant, les pieds en feu et les jambes en canard. Le taximédon hésitait à me faire monter dans sa voiture, comme si j'étais dingo ou dangereuse. Lui aussi a fini par rigoler : « À vous voir marcher comme ça, j'ai cru que vous étiez en train d'accoucher et que vous perdriez les eaux sur ma banquette arrière. Alors, comme ça, vous êtes danseuse ? Dans quel cabaret ? »

Je voulais être une ballerine. On ne commence pas la danse à trente ans, m'avait dit Lioubov, mais j'ai posé une belle liasse de billets verts sur la table. « J'ai vingt-sept ans, madame. Et j'ai dansé, enfant, jusqu'à seize ans. » Elle a haussé les épaules et tiré plus fort sur la cigarette rose à bout doré. « Alors, c'est à peine si vous aurez besoin de moi. »

J'aurais voulu qu'on me laisse le temps. Avant d'être étoile, avant même d'être corps de ballet, qu'on me laisse être une débutante, une petite fille à tutu ridicule, un petit rat menu et rapide. À vingt-huit ans, on n'a plus le temps. C'est fichu, me disaient les yeux peints de Lioubov. Et que j'étais quand même bien dérangée. « Ce sera tous les soirs après 18 heures, la fin de mes cours. » Moi : « Mais je ne veux pas être seule. Je veux faire du ballet. » Elle, pompant plus fort la cigarette rose et or : « Je veux vous voir demain seule. Après on décidera. »

... Fitz se plaint. J'arrive en retard dans les soirées. J'arrive à peine présentable aux dîners chez les Stein, les Murphy, les Molloy, les Gulbenkian, les Malone — *please, leave me alone*.

Parfois je sens la sueur sous les bras, dit-il. Parfois j'ai oublié de me recoiffer dans le taxi et je ressemble à une femme des rues, dit-il aussi. Je lui fais honte. Ce n'est pas nouveau, mais ça va empirant. Au sous-sol du Dôme, il y a Lulu qui m'aide à me repoudrer. Sa coco ne me fait rien, je crois, mais je la prends quand même parce qu'elle dit qu'avec un grand verre de bourbon cul sec, derrière, ça décuple mes chances d'avoir l'air heureuse et fière de moi. Parfois, je voudrais ne jamais remonter des lavabos, rester assise à côté de Lulu à dévisager les clients jeter leurs piécettes dans la soucoupe. Certains descendent juste pour lui acheter des cigarettes, d'autres lui font des signes indiens et elle disparaît dans son vestiaire pour leur tendre en échange d'un billet plié en quatre le petit papier plié en huit contenant la dose Lulu.

Les hommes, on les entend pisser dans l'urinoir, on entend la chasse, mais on n'entend pas l'eau du robinet, ni le glissement du savon sur son axe oblique, ni le rouleau de la serviette à mains. Après, ils vont vous caresser la joue, ils vont vous beurrer un toast et vous baiserez leurs doigts pour les remercier. Quand il est soûl, Francis lui aussi oublie de se laver les mains. J'ai envie de le tuer alors.

Ça sent la crevette dès qu'il est entré dans le lit et qu'il brasse l'air des draps. Comment ne le sentent-ils pas eux-mêmes ? Ils rougiraient et bondiraient hors de la couche si seulement ils pouvaient savoir, si seulement ils sentaient leur odeur de crevette. Ou de fromage italien. Ou de cadavre.

Mais non, ils s'évitent eux-mêmes. C'est leur plus gros boulot, l'emploi principal de leur temps : éviter ce corps dont ils se vantent et n'ont que dégoût eux-mêmes.

J'entre dans le boudoir où Scott écrit. J'attends que ses doigts hésitent, que les touches de la machine se détachent du papier, quelques secondes en suspens avant de frapper à nouveau. Le dos de Scott sursaute dans le fauteuil.

Je lui demande, je dois crier un peu : « Pourquoi ? Pourquoi est-ce que je ne me reconnais pas sur les photos ? Pourquoi est-ce que je suis un jour cette jeune femme blonde et souriante, si mutine, si délicate, une tête d'actrice bouclée tel un agneau, et pourquoi dix jours plus tard cette affreuse matrone à la mâchoire carrée, aux traits hommasses, une gueule de docker en grève ? »

Scott se retourne, me toise : « Pour ce qui me concerne, tu es toujours la même, Bébé. »

J'ai interdiction de dire « le bureau » pour désigner la pièce où il écrit. Le bureau c'est pour les clercs, les dactylos, les assureurs et les gosses de riches qui ont une chambre à eux avec un secrétaire à rouleau et un siège de cuir bien à eux. Il est snob comme un pauvre — un pauvre honteux.

Aux visiteurs je dis « son salon privé », ou bien je dis « le cabinet de travail », mais à moi-même je ne me mens pas et je dis « la pièce où ça pue ». Le tabac, l'alcool chic dont l'odeur maltée a infesté jusqu'aux murs, le corps de l'homme qui ne prend plus soin de lui, oublie les douches matin et soir, oublie le bain hebdomadaire ; l'homme crasseux, déformé, avachi, qui se laisse aller.

Pour moi, je n'ai pas à regretter ma solitude : jamais, dans les suites ni les villas ni les appartements, on n'a pensé à me réserver une pièce, oh ! un débarras m'aurait comblée, un cagibi à moi où j'aurais pu écrire. Cela ne figure pas au programme du Couple Idéal, cela ne ferait pas bien non plus dans le catalogue de la Génération Foutue qui est une affaire de mecs blancs narcissiques.

Lewis, si seulement je pouvais le castrer, j'en serais heureuse à un point que personne n'imagine. Lui couper ses boules de sécrétion dont il est fier comme de deux cancers. Hélas, pas plus que la table pour écrire, je n'ai le lit de dissection qu'il faut pour ces jeux-là. Ni la cruauté, d'ailleurs. La mauvaise fille en moi fatigue. Se lasse. Expire bientôt.

Retour de nos bouges nocturnes, il nous faut souvent traverser le Paris des pauvres, des quartiers angoissants, des rues noires au pavé gras sous la semelle, mélange d'eaux usées et de suie, tandis que derrière les façades rongées de lèpre, dans les couloirs ténébreux et les escaliers aux rampes branlantes, l'odeur du chou et du rata le dispute au remugle des latrines sur le palier. Ce matin, tandis que nous cherchions un taxi en quittant La Cigale (on s'était tellement ennuyés à boire du champagne tiède, coincés entre Picasso, méprisant, Cocteau, jacassant, un joli gigolo, l'air ailleurs, ainsi que trois princesses emplumées jouant les muses alors qu'elles ne sont que des comptes en banque), nous avons erré par les ruelles au milieu des poubelles renversées. Les bouchers portaient sur l'épaule des carcasses blanc et rouge à l'odeur froide et gênante, dans les bistrots on étendait la sciure du jour sur le carreau et les concierges, vidant à grands gestes leurs seaux de lessive à la créosote, semblaient viser les pieds des passants et le cul des chiens errants. Scott a balbutié ces mots si justes : « Faubourgs malheureux... Tout enduits de malheur. » Je l'ai serré contre moi, j'ai baisé sa bouche et oublié l'haleine fétide. Je l'aime tant, certaines fois.

C'est comme vivre dans une sphère de lumière, une aura qui nous enrobe tous deux et se déplace avec nous. Dans ces instants-là, nous sommes éternels.

*

Hier, la nuit, nous avons tellement ri et dîné de si bonne humeur, la compagnie était merveilleuse et il fallut danser...

Hélas, dans mes chaussons de satin, ça saigne et s'écrabouille. Mon destin fait des siennes, et le maigre espoir se fait nouille. Certains disent que je l'ai cherchée, que j'ai voulu et fomenté ma déchéance. Les imbéciles !

Je me souviens des nuits au camp Sheridan, où je dansais jusqu'à ne plus sentir sous mes pieds que la brûlure du cuir frotté au parquet de la piste. J'ôtais mes escarpins et je continuais pieds nus. Les aviateurs applaudissaient, et les mécanos, et les radios, et les aiguilleurs. Mes jupes tourbillonnaient et, d'un doigt brandi ou d'une grimace de la bouche, je reproduisais les signes des garçons que je ne comprenais pas. J'étais la jeune putain, la petite salope bourgeoise de Montgomery, la Miss Alabama des casernes et des prisons. Et je n'en savais rien.

Qui condamnera ? Qui dira qu'on n'est pas bien dans les bras d'un homme, entre ces bras enveloppants d'un garçon si doux, si sérieux, qui part à cette absurdité de guerre ? On voudrait tant les chasser, ceux qui gênent, toutes ces gueules cassées qu'on croise dans les métros et les coupe-gorge de Paris, toutes ces gueules illisibles sous les coutures et les raccords plastiques. Leur difformité physique est le reflet de notre monstruosité morale.

« Je voudrais un peu plus de tenue, se plaint Lioubov. J'ai l'habitude de gens qui sacrifient tout pour la barre et le miroir. Ils confondent l'exercice et l'art, mais ce qui vous semble sacrilège est la vérité triste et vraie. Car il n'y a pas de don, ma beauté, pas de destinée, il n'y a que cet exercice terrible et exclusif de suer, de gémir, d'implorer qui finit par fonder l'art. À condition qu'on oublie le miroir.

« Comment voudriez-vous danser ? Vos jambes sont si maigres, la cheville n'est pas plus grosse que mon poignet. Et de la cheville au genou, vous n'avez rien que les os — aucun muscle, pas même un début de mollet. Vos jambes sont atrophiées, mon petit. Autant vous le dire avant que vous ne couriez vers de faux espoirs. » Si c'est ainsi, je redoublerai de travail. Et je ferai couper toutes les photos où j'apparais en pied, que plus jamais l'on ne puisse voir ces jambes de bois.

La nuit tombait. Je me suis assise dans le soir, sur ce banc du boulevard des Batignolles où les marronniers embaument et d'où je peux voir le cinéma Pathé-Clichy : ce n'est pas un cinéma, pas un théâtre. C'est un vaisseau merveilleux, une proue de verre qui s'avance sur la place et veut plonger dans la rue d'Amsterdam, dévaler de ses cales jusqu'à la gare Saint-Lazare. Certains soirs, je quitte le studio trop fourbue, trop fatiguée pour avoir envie de voir du monde. Je vais sur ce banc des Batignolles et je contemple le navire-cinéma jusqu'à en oublier l'heure. Je me demande si j'ai déjà vu un bâtiment plus beau, un monument devrais-je dire, si fragile et glacé et viril et brillant de mille feux.

... Comme scintillent un peu plus tard les marches du métro, bitume noir incrusté de mica qui fait de chaque pas, chaque degré, une lente descente vers le ciel inversé, cette nuit noire des tunnels où tu cherches en vain sous la voûte une constellation amie.

Terrasse de La Rotonde. Je suis en retard mais personne n'a rien dit, ils étaient tous à admirer Kiki, jeune et jolie catin qui pose pour des pauvres rapins, tellement intoxiquée qu'on voit déjà la suite. Comment les hommes couchent avec ça, sans dégoût de passer après tous les autres. Ils n'ont donc aucune fierté, à moins qu'ils n'aiment tremper leur chose dans les miasmes du précédent, que l'excitation leur vienne de la pollution. Cinq heures plus tard, cette Kiki chantait encore, au Jockey, et le patron de la boîte l'a fait taire : on ne pouvait plus danser, elle étouffait la musique de ses braillements. Mon pied gauche me faisait un mal de chien, je voulais rentrer, mais sans pouvoir marcher. Scott haussait les épaules. Pas envie de quitter le dancing pour me trouver un taxi.

Scott dit que je suis jalouse, que cette Kiki est l'égérie des grands peintres modernes et que je n'entends rien à ses talents de chanteuse. Scott dit : « Je t'interdis de prendre le métro. N'as-tu aucune idée du danger — sans parler de l'inconvenance ! Oh ! et puis, cesse de boiter ! Tu fais pitié. »

Je ne sais plus comment on a atterri au bar du Lutetia, et encore moins comment on s'est retrouvés à l'aube dans la voiture du shah de Perse, Scott hurlant, rouge d'excitation, heureux comme un gamin : « Il m'a filé ses clefs, Bébé ! j'ai les clefs du carrosse. » J'étais à l'arrière avec deux putes — une fille, un garçon ; à l'avant, il y avait Maxwell, si mal à l'aise, qui supplia Scott de lui laisser le volant et, lorsque la limo s'engagea incertaine dans l'un des guichets du Louvre, j'entendis Maxwell murmurer : « Merci mon Dieu. » Mais au second guichet, à l'angle de Rivoli, la voiture quitta son axe et le pilier de gauche arracha l'aile avant et la portière du conducteur. Alors, oui, j'ai hurlé. Je crois que j'ai proféré des insultes que j'ignorais connaître. Maxwell disait : « Calmez-vous, Zelda, vous n'arrangez rien », Scott balbutiait entre deux rires idiots : « Oups ! mon bébé est pas contente, mon bébé fait colère », et j'avais si mal au pied, si atrocement mal que je ne pouvais même pas sauter de voiture et m'enfuir.

Au bas de notre immeuble, Maxwell a pris congé et ordonné aux deux putes de le suivre. Nous étions à peine sortis de l'ascenseur grinçant (une fois encore, Scott passa devant et laissa se refermer sur mes doigts la portière à croisillons), nous n'avions même pas franchi le seuil de l'appartement, qu'il attaqua. Comment osais-je lui parler comme ça en public ? Pire : devant son éditeur ? Le shah de Perse, on s'en fout, mais Maxwell ?

Et moi : « Tu t'inquiètes du jugement de Maxwell, qui est peut-être notre seul ami véritable ? Maxwell, qui t'a ramassé ivre mort tant de fois, qui t'a sorti de tant de bars qu'il connaît par cœur la couleur et l'odeur de ton vomi ? Moi, je m'inquiète de ce putain de carrosse, comme tu dis ! Avec quel argent allons-nous le réparer ? »

Lui, alors, voulant marcher sur moi mais trébuchant sur le tapis : « Espèce de garce... Maxwell est mon ami, pas le tien... Ne sera jamais le tien... Max sait à quoi s'en tenir sur toi, ne t'inquiète ! » Il fait un pas, titube, se récupère puis virevolte, s'emmêle cette fois les deux pieds dans le tapis — *de Perse, lui aussi*, songé-je sans pouvoir en rire. Je l'aide à se relever, je le soulève par les aisselles, il veut me repousser, me frapper, mais ses poings sont deux moignons hagards. Je le lâche, ses mains et ses bras battent l'air avec frénésie pour garder l'équilibre, son visage fané retrouve un instant la tension et l'éclat de la jeunesse puis la gravité l'emporte : il se renverse, catapulté en arrière sur le cul et sa tête cogne contre un pied de table.

Lui, des larmes de rage dans les yeux : « Garce ! Garce maudite ! tu as couché avec Max aussi ? Tu as couché avec tous mes amis ! Pour qu'ils me détestent... qu'ils me tracent... me trissent... me trahissent ! »

Moi, m'entendant dire : « Je n'ai couché avec personne, Scott. *Personne de tes amis.* »

Relevé, il se cramponne au dossier d'un fauteuil, me mesure du regard, tente aussi de mesurer les distances et le chemin le plus court jusqu'à la salle de bains où je me suis réfugiée, il s'élance, il accélère mais les genoux lâchent et flageolent comme les jambes du taureau dans l'arène, il y met tant de désespoir qu'il dérape et finit à genoux sur le carrelage, le menton fracassé contre le rebord de la baignoire. Je lui jette une boîte de compresses et le flacon d'eau oxygénée.

Moi : « Te voici enfin avec une cicatrice, Goofo, une balafre comme les vrais durs, les vrais hommes. Tu pourras te vanter toi aussi de l'avoir eue au combat. »

Lui, gémissant : « Lewis..., non. Tu ne l'auras pas. Lewis est à moi. »

Moi : « Je dirais plutôt que c'est toi qui lui appartiens. Et je te le laisse. Cet ami-là ne sera jamais le mien, c'est sûr. »

En refermant la petite armoire à pharmacie, je croise mon image dans le miroir. J'ai cent ans. Cent ans et c'est irréversible. L'aviateur est si loin. Qu'ai-je fait ?

*

Lewis, Lulu le surnomme O'Connard. « Vous, les Amerloques, je vous ai à la bonne en général — et c'est pas uniquement la cause aux pourliches — mais çui-ci, vraiment, je ne peux pas le sentir. Non mais, quel prétentiard ! Croit-y m'en imposer ? Le roi n'est pas mon cousin ! La vérité, c'est que les types comme lui je les connais et j'en croise treize à la douzaine : ça veut pisser plus haut que son auguste cul, mais moi je vous le dis, Zelda, c'est qu'un loquedu. Un qui se raconte des films, un mythomane, voilà ce qu'on murmure : ses faits d'armes, sa bravoure à la guerre et le nombre de ses combats — tout aurait été sacrément gonflé, sinon inventé total pipeau. »

Il est si infatué, si gros de sa personne. Sa façon de me toiser en tétant son cigare cubain puis de tourner vers Scott un regard accablé — démenti par le sourire carnassier : « Pauvre Fitz, tu as vraiment épousé une conne doublée d'une cinglée redoublée d'une salope. »

Et ce brave Fitz, rosissant tel un premier communiant, buvant le calice et gobant l'hostie de sa parole, comme s'il n'était pas lui le grand écrivain de notre génération, et l'autre, O'Connard comme dit Lulu (ça me fait encore hurler de rire), le styliste indigent de la génération et le plus mauvais écrivain américain de tous les temps. Scott s'imaginait qu'il avait besoin de Lewis, de sa geste sportive et de ses certitudes patriotiques pour y reposer ses tourments d'homme et son inquiétude d'artiste, quand c'était l'autre, le poussah à la veine épuisée, le suceur de novilleros qui venait s'abreuver à son génie, sucer un peu de ce sang élu qui lui manquera toujours, lui qui allait montrer dans ses romans ultérieurs qu'il n'avait strictement rien pigé aux hommes comme aux femmes. Pour comprendre, il faut aimer. Lewis le connard n'aimait que sa personne, et c'était si peu, le tour en était fait si vite...

« Un attrape-gogos », voilà ce qu'elle dit, Lulu, de Lewis le héros, mais elle en a tant vu, de ces fabulateurs, qui la soûlaient de leurs bobards. Je dis à Lulu qu'elle a un bien beau foulard sur la tête. « C'est du Schiaparelli, beauté. Une dame du monde — ou du demi-monde —, l'a oublié sur une banquette, et c'est Gaston, le chef de rang, qui a descendu les marches pour me l'offrir. » Elle dénoue le carré pour me le montrer en son entier, et je souris : sous la soie de luxe, Lulu cachait sa mise en plis. Elle tâte les bigoudis pour vérifier que les cheveux ont séché, puis elle défait tranquillement les rouleaux, se grattant çà et là le cuir chevelu avec une aiguille. Ses ongles ébréchés sont peints d'un vernis vieux bronze, à la couleur exacte des pièces qui tombent dans la soucoupe.

Lioubov a poussé un cri d'effroi en découvrant mon pied infecté : « Vous êtes folle de rester comme ça. » On a pris un taxi jusqu'à Lariboisière, où un chirurgien a incisé l'abcès puis m'a dit d'une voix de basse : « *Mon petit enfant* (j'ai ressenti un frisson à m'entendre appeler ainsi, j'ai pensé en un éclair aux bras secs du Juge, aux mains arides de ce père qui ne m'avait jamais serrée contre lui ni caressée. C'était comme si le chirurgien à gros favoris rouges — une face d'ogre assez repoussante, pour dire la vérité — voulait m'apprendre enfin ce que c'était qu'un vrai père, un père enveloppant), mon petit enfant, vous pourrez vous estimer heureuse si nous n'avons pas à vous amputer. Il y a une cochonnerie installée dans votre blessure, qui s'appelle un staphylocoque doré.

— Doré ? C'est déjà ça. »

Je faisais la fière, mais j'entendis ma voix trembler sous le plastron.

« Ne riez pas trop, mon petit. J'ai une autre nouvelle : il faudra mettre une croix sur la danse.

— Pour combien de semaines ? »

Il écarquilla ses gros yeux à cils rouges.

« Mais... pour toute la vie, mon petit ! Plus de danse, jamais. J'ai dû vous retirer un muscle de la voûte plantaire, et plusieurs ligaments resteront atrophiés.

— Je vais être infirme ? La gangrène va s'installer et vous allez me couper le pied, c'est ça ?

— Comme vous y allez ! vous ne connaissez donc que les extrêmes ? La question de la gangrène, j'en fais mon affaire, laissez-moi la régler. Vous, je vous demande d'être raisonnable. (*Ici, Lioubov Egorova eut un haussement d'épaules et hocha la tête avec une incroyable classe ; je me suis souvenue qu'elle était princesse en son pays, la princesse Troubetskoy.*) Avec votre caractère bien trempé, je suis certain que vous galoperez de nouveau. C'est à peine si l'on vous verra boiter. Boitiller, peut-être... Boitocher, guère plus. Je vous fais confiance pour corriger ça très vite. »

Sanatorium de la Malmaison

« Je n'ai jamais été une maîtresse de maison ni une femme au foyer. Je laisse ça aux bonnes femmes. Je n'ai jamais su organiser un dîner, encore moins cuire un œuf. La vaisselle, la lessive, *nada*. En fait il n'y avait rien à tenir, ni maison, ni ménage, ni buanderie car nous ne possédons rien. On déménage tout le temps d'hôtels en meublés. Ne rien posséder nous ruine. L'idée d'acheter une paire de draps ne nous a pas effleurés, par exemple. Quant à broder une paire de draps ou rien qu'un mouchoir, comme font les bonnes femmes, vous imaginez, professeur. J'aimais cette vie, ce tourbillon. Scott disait ça à ses amis : "J'ai épousé une tornade." Vous ne pouvez pas savoir, professeur, la violence des orages en Alabama. Je suis comme le ciel de mon pays. Je change en une minute. L'ironie du sort est de finir clouée dans une chambre d'hôpital, réduite à n'être plus qu'une femme-tronc, une tête qui sort de la camisole.

1930, avril

Je n'ai jamais, je dis bien jamais, préparé à manger à ma fille.

Je n'ai jamais su donner un ordre cohérent à un domestique, une nounou ou une cuisinière.

De toute façon je n'ai jamais aimé manger. Longtemps, je me suis nourrie à minuit d'une salade d'épinards et de champagne. À Paris, certaines ont essayé de m'imiter, le "médianoche américain", elles appelaient ça. Elles tombaient dans les pommes au bout de deux jours.

Mon corps extrême n'a besoin d'aucun combustible.

L'anorexie ? Quoi encore ? Entre l'asthme et l'eczéma, vous ne trouvez pas qu'on m'a affublée d'assez de tares comme ça sans aller en chercher une nouvelle ? Oui, j'ai perdu huit kilos, parce que je danse cinq heures par jour et qu'après je suis si fatiguée que je ne peux rien avaler de solide.

Oh ! savez-vous qu'hier en quittant mon appartement pour faire un tour du parc, je suis tombée dans le couloir sur deux pensionnaires que je connais : Léon, le décorateur des Ballets russes, et Ravel, le musicien. Ils m'ont dit qu'ils étaient là pour surmenage. N'est-ce pas notre cas à tous ?... L'alcool ? Quoi l'alcool ? Je sais que je suis arrivée soûle, parce que sans ce litre de vin je n'aurais pas eu le courage ou l'indécence de monter dans le taxi. Ne vous inquiétez pas pour l'alcool. Quand j'aurai repris ma danse, il n'en sera plus question.

Mon époux vous a-t-il dit que le Ballet du San Carlo de Naples me demandait pour un solo ? Un engagement à l'opéra, vous vous rendez compte ? Il faut que je sorte au plus vite, professeur, c'est la chance de ma vie et si j'allais la rater ? Mon pied guéri, je vais danser enfin. Oh ! ce n'est pas un rôle d'étoile, mais un grand second rôle qui vaut largement le premier. Et j'ai l'habitude des seconds rôles pourris.

. . . .

Lui, l'aviateur, il me faisait manger. Avec trois fois rien, deux pommes de pin, trois sarments de vigne, il faisait un feu sur la plage et nous mangions les poissons pêchés du matin, les tomates gorgées de soleil et de sucre, et des pêches, des abricots. Avec les fleurs des courgettes il faisait des beignets délicats et légers comme l'air — la cuisine de mon enfance, si grasse, si grossière, était une insulte au goût et au corps.

L'aviateur, un jour qu'il faisait la vaisselle dans notre bungalow, il s'est tourné vers moi avec un large sourire et ses yeux pétillaient : "Ôte-moi d'un doute. Tu es bien une femme, n'est-ce pas ?"

. . . .

Je pleure, vous dites ? Oui ?... Ah ! Tiens... je pleure.

Si je ferme les yeux, si je tends la main, je peux toucher son visage, ses cheveux bouclés toujours mouillés, son odeur d'homme brun.

La dernière fois que j'ai pleuré, je devais avoir six ans. Ben ça alors.

Je sais ce qu'on dit de moi. Ce que vous ont dit Scott, ma mère, mes sœurs.

Ils mentent, ou disons : ils se trompent. Scott et moi nous avions besoin l'un de l'autre, et chacun a utilisé l'autre pour parvenir à ses fins. Sans lui, je me serais retrouvée mariée au garçon gris, le substitut du procureur d'Alabama, autant dire que j'aurais été me jeter dans le fleuve avec du plomb plein les poches. Sans moi, il n'aurait jamais connu le succès. Peut-être même pas publié. Ne croyez pas que je le déteste. Je fais semblant de le haïr. Je l'admire. J'ai lu ses manuscrits, je les ai corrigés. *Gatsby le Magnifique*, c'est moi qui ai trouvé le titre, tandis que Scott s'enlisait dans les hypothèses saugrenues. J'estime mon mari, professeur. Mais cette entreprise à deux, ce n'est pas l'amour.

L'amour, je l'ai connu sur la plage de Fréjus.

L'amour, pour moi, ça n'a duré qu'un mois et ce mois remplit ma vie. Si vous saviez comme.

Je sais que pour vous, seule la famille importe et signifie. C'est sans doute vrai pour la plupart des êtres sur terre. Mais ne puis-je pas être différente ? Si je vous dis que ce mois où j'ai fui avec l'aviateur a compté plus que tout le reste, pourquoi ne me croyez-vous pas ?

Scott et moi, nous n'étions pas mari et femme. Frère et sœur, peut-être, comme disent Bishop et Wilson. Mais pas amants. Pas mariés au sens classique.

Pendant un mois, sur la plage de Fréjus, j'ai cru comprendre ce que c'était, ce que ç'aurait pu être, un mariage.

. . . .

Vous ai-je dit que mon mari était homosexuel ? Oui ? je l'ai toujours su, c'est ce qui m'attirait en lui et me faisait hésiter à l'épouser. Oh ! bien sûr, lui-même n'en sait rien.

Nous avons commencé par former un couple homosexuel, brillant, soudé et scandaleux. Scott haussait les épaules quand je parlais de nous ainsi. Pourtant, je suis sûre de ma perception.

. . . .

Je reviens sur ce que j'ai dit : finalement, j'avais quand même mon job d'épouse au début de notre mariage, quand nous étions encore en Amérique, j'avais ma mission dans l'entretien du ménage ; comme on bougeait tout le temps, Scott m'avait chargée de draguer les bootleggers là où nous arrivions, afin qu'il ait la meilleure gnôle du comté. Scott ne rigolait pas avec la qualité de sa gnôle. Et je le faisais de bon cœur.

Si je l'avais vraiment aimé, est-ce que j'aurais fait ça ?

S'il m'avait vraiment aimée, m'aurait-il demandé ça ? »

*

J'ai dit que je voulais rentrer à la maison, reprendre ma danse. Le professeur Claude a dit : « Rentrez, mon petit, je n'y vois aucun empêchement, et songez à vous reposer. » Huit jours plus tard, j'ai fait cette horrible crise en découvrant Lewis et Scott dans la chambre — où était-ce ? l'appartement de la rue Pergolèse ? celui de la rue de Tilsitt ? une suite du George-V ? — et il a fallu me piquer à la morphine. Trois injections pour me calmer. Le professeur Claude a prétendu que j'avais quitté la Malmaison contre son avis médical. Que je m'étais enfuie. Bien sûr, Scott l'a cru.

Cette route vers la Suisse n'en finit pas. Silence de mort dans la voiture. Newman est là, mon beau-frère, venu de Bruxelles me convaincre d'entrer à l'asile de dingues. Parfois j'ai l'impression que ma sœur Rosalind est là aussi, assise avec moi à l'arrière de la Renault. Son sourire luit dans le noir. Son œil unique clignote et m'adresse un appel apaisant, comme un phare ami. J'ai détruit la photo de Lioubov que je portais sur moi depuis quatre ans. J'ai jeté tous mes tutus et une valise pleine de chaussons de danse. J'ai fait beaucoup de peine à Lioubov, l'autre soir, en arrivant bourrée au studio et en insultant tout le monde. Lioubov implorait : « On t'offre un rôle de première danseuse aux Folies-Bergère. Tu ne peux pas refuser, pas abandonner maintenant. » Les Folies-Bergère ! Ma folie n'aura rien de bucolique ni de charmant. Je sais que j'ai brûlé mes forces, poussé mon corps à bout sans parvenir à la perfection, et que ce corps va me lâcher d'un jour à l'autre. Je suis juste consumée. Pourtant, la danse est tout ce que j'ai au monde.

Les Rives de Prangins

> « … Si je pouvais envoyer un mot à mon mari qui a trouvé bon de m'abandonner ici, de me laisser aux mains de gens incompétents ! On me dit que mon bébé est un nègre… Quelle farce de mauvais goût ! »
>
> F. S. FITZGERALD,
> *Tendre est la nuit.*

« Chère madame Fitzgerald, vous avez bravement surmonté l'épreuve des électrochocs. Vous voici calme et stabilisée. Nous allons entreprendre des séances de parole. Diminuer peu à peu les traitements. Je vais vous demander de répondre à un interrogatoire qui, bien sûr, vous paraîtra ridicule. Je vous prie néanmoins d'y répondre avec le plus grand sérieux.

— Je suis Zelda Sayre, née le 27 juillet 1900 à… tiens, je ne suis plus bien sûre. Ni de la ville ni de l'État. C'est grave ?

— Continuez sans vous inquiéter.

— Je suis l'épouse de Francis Scott Key Fitzgerald, père de mes enfants.

— *Vos* enfants ?

— Scott voulait un fils et, ma foi, je n'avais rien contre. Alors, je lui ai fait un fils, un très beau garçon. Il s'appelle... Un très beau garçon... Aurais-je perdu les noms avec les lieux ?... Montgomery, bien sûr, je l'ai appelé Montgomery. Montgomery Edouard Key Fitzgerald. Monty pour son papa et moi. Dans la pince-forceps du docteur de Lausanne, il n'était pas plus gros qu'un souriceau. Une souris rose et molle.

— Voyons, Zelda, avez-vous pris votre traitement ? Cachez-vous de l'alcool dans votre chambre ?

— Que croyez-vous, docteur ? Mon mari n'est pas opposé à l'avortement. Quand ça l'arrange, il est très pour. En l'occurrence, l'enfant n'était sans doute pas de lui.

— Vous recommencez. Pour l'accuser, vous inventez des situations.

— Croyez qui vous voulez. J'ai eu un fils, un jour, dans ma vie. »

*

Les fauteuils de contention, pour une fille comme moi qui n'aime que danser, n'est-ce pas un peu inhumain, *herr doktor* ?

Chaumont a ri. Il est français, et viscéralement anti-allemand. Nous n'avons que cela en commun.

*

1931, Prangins toujours

Cela fera bientôt un an que je suis seule ici, abandonnée dans cette institution d'un pays mille fois étranger, sur les rives d'un lac si mort qu'il donne envie de s'y noyer. J'écris pour occuper le temps. Je noircis des cahiers où il est surtout question de Joz, mais je m'y prends mal, je le sens. J'écris sentimental, comme une adolescente que je ne suis plus. Alors que je devrais écrire la guerre, une guerre à deux. Le docteur Chaumont m'a dit ce matin que j'étais jalouse. J'ai répondu d'un haussement d'épaules : mon mari peut bien coucher tant qu'il veut, le lit n'a jamais été notre lieu d'élection. Le docteur secouait la tête : « Non, vous ne comprenez pas. Je dis que vous êtes jalouse de lui. Pas d'une autre femme. De lui-même. »

Jalouse de Scott ? C'est si ridicule. « Je ne suis pas jalouse, ai-je répondu. J'aurais voulu être lui, une côte de sa poitrine, les lignes de sa main. Moi, figurez-vous, je me serais très bien passée du monde. Le seul enfant que je voulais de lui, c'était lui. »

Le docteur : « Voyons. Vous mentez. Vous vous mentez à vous-même. C'était le monde, votre lieu. Vous vouliez la réussite pour vous comme pour lui. C'est un désir qui vous consume, cette folie de réussir. » Il a baissé les yeux. « Vous ne vous êtes pas mariée, ma jeune dame. Vous avez signé un contrat publicitaire. »

*

Je suis si cynique ? L'étais-je déjà à dix-sept ans ? Est-ce possible ?

Je me serais mieux qu'accommodée d'une bicoque en bois de mer sur la plage de Fréjus ou de Juan, où il aurait écrit, où j'aurais dansé, où j'aurais peint, où il aurait écrit jour et nuit, où j'aurais peint le jour, dansé la nuit. On aurait eu une vie formidable.

Nul n'aurait pesé. Comprenez : nul chagrin ; nul corps étranger ; nulle blessure à notre équipage. Personne ne prendra en défaut nos chiens ni nos chevaux. Tous, nous dansions. Tous, on cueillait l'aube d'écume. Qui veut me voler ça ?

4

RETOUR AU PAYS

« Séparez-vous, c'est tout ce qui peut se faire.
— Mais comment vivrons-nous ?
— Comme des êtres humains. »

JUAN RULFO,
Pedro Páramo.

1932, Baltimore, Maryland

Mes yeux sont fatigués. Je ne peux plus subir aucune lumière un peu soutenue. Les lampes sont toutes baissées dans la suite (mais non, m'a-t-on appris, ce n'est pas vraiment une suite, plutôt une vaste chambre dans une clinique de luxe), les ampoules recouvertes de voiles et de soies, et si je sors je ne peux le faire sans m'être d'abord assurée d'une paire de lunettes noires et d'un chapeau à grand bord en cas de soleil. Si c'est ça, vieillir, merci bien : ça ne m'intéresse pas.

Ce matin, Scott passait me porter des affaires mais n'a pas voulu monter dans la chambre. On est restés dans les gros fauteuils éléphants du hall de la clinique, un no man's land si chic et si feutré qu'on se croirait dans le lobby d'un palace parisien. Mal à l'aise, il disait n'importe quoi, je répondais par des grimaces. « Au fond, m'a-t-il dit, tout le monde se trompe sur toi et tu caches bien ton jeu. Tu es un clown, mon petit clown à demeure, clown triste, clown gai, clown gentil, clown mauvais. Avec toi, je ne m'ennuie pas. »

Et moi ? Est-ce que je ne m'ennuie pas un peu ? Qui s'en enquiert ? Qui donc ça intéresse ? Je suis le clown qu'effacent les rires. Je suis le clown aboli par les fards.

Ce matin, il n'a vraiment apporté que la moitié des affaires que je réclamais. Cinq ramettes de papier, oui, mais il avait oublié la machine à écrire. Sournois, il m'a tendu son stylo-plume, que j'ai refusé : le stylo en or et bois précieux ? Sans encre pour le recharger ?... Juste de quoi écrire une lettre à ma fille avec une recette de gâteau. Ça va. Ça va comme ça.

Je suis allée au coffre de la clinique, j'ai demandé à voir mes bijoux, j'en ai sorti discrètement la broche en saphirs et diamants de nos dix ans de mariage et l'ai troquée contre une *Underwood* portative que me proposait l'infirmière sosie de Lulu (même bouille fanée, même gouaille, même haleine vineuse). Je ne lui ai pas demandé d'où elle tenait cette machine. J'ai tout de suite glissé une feuille dans le rouleau, et j'ai écrit. Deux jours plus tard, Sosie-de-Lulu m'apportait un paquet de carbones.

. . . .

1940 J'étais belle. Du moins c'est ce qu'on disait au lycée, mais c'étaient tous des ploucs épatés par mon nom, mon insolence et mon impudeur. Aujourd'hui la question ne se pose plus. C'est bien le rare avantage d'avoir tant bu sans manger ni dormir, d'avoir tant abusé de tout : le corps usé ne prétend plus, l'idée ne vous vient plus de faire vitrine.

Et la nouvelle, cette Sheila (en français : *Chie-la*, drôle mais intraduisible), est-elle belle seulement ? On m'a dit qu'elle est blonde mais pas encore platine, mince mais pas maigre, lisse et charmante, un petit nez en trompette, un sourire niais — un chou américain. Elle a passé en vain tant de castings qu'elle a fini par accepter son absence de talent et s'est reconvertie dans le secrétariat, ou quelque chose comme ça : au moins ne lui fera-t-elle aucune ombre. Voici le bonhomme enfin maître chez lui.

Oh ! peut-être acceptera-t-elle le rôle que j'ai toujours refusé : tenir et entretenir le courrier des admiratrices. Mais non, c'est la débine, et les seules lettres qu'ils reçoivent dans leur bungalow pourri de Malibu Beach, ce sont des lettres d'huissiers.

1932, La Paix

J'ai été relâchée hier, après quatre mois et demi d'internement (officiellement, une cure de repos. Qu'est-ce que je me repose, depuis deux ans ! Bientôt, je n'aurai même plus idée de ce qu'on appelle la fatigue). Personne ne m'attendait à la sortie (Scott n'avait pas dessoûlé depuis des semaines et noté de travers puis oublié la date), et j'ai demandé une ambulance de la clinique Phipps à notre nouvelle propriété de La Paix. J'ignore d'où lui vient ce nom français, mais quant à moi, quant à mon état et l'état de notre foyer, je le trouve bien ironique. Scott n'a pas lésiné : la maison victorienne compte quinze pièces, le parc autant d'hectares. Je n'ai pas encore appris les prénoms des domestiques — ces affaires-là ne me concernent plus depuis longtemps. Scott écrit avec une vigueur et une confiance retrouvées, dit-il ; avec aussi trois bouteilles de gin et trente canettes de bière par jour. Patti s'est fait des amis chez les voisins dont les enfants ont à peu près son âge. Je n'ai rien à dire — ces voisins m'enquiquinent, je les supporte en silence dans d'interminables soirées où nous jouons les bourgeois.

Moi-même je me suis bien assagie, dit-on. Il y a dix ans, bâillant d'ennui, je me serais foutue à poil au milieu de la soirée puis j'aurais traversé le salon sous leurs yeux honteux pour me faire couler un bain. Aujourd'hui, même ces provocations (moi, je trouvais ça seulement naturel, joyeux, amusant, d'ailleurs ça les faisait tous rire, nos vieux copains de Manhattan ou de Paris ou d'Antibes), même ces petits scandales ne peuvent plus me divertir et ne pourraient qu'embarrasser ma fille, très pudique et réservée, elle.

J'ai épousé un artiste ambitieux, me voici douze ans plus tard flanquée d'un notable ivrogne et couvert de dettes, telle la dernière des rombières. Je n'avais pas vu ma fille depuis six mois. J'ai juste eu le droit de lui faire cadeau d'une jument pie qu'elle monte avec beaucoup d'assurance et de charme.

Ceci, alors, quelques soirs plus tard — une nuit de beuverie encore —, lui avachi dans un fauteuil, les paupières lourdes, la langue trébuchante, moi qui tape du pied et fais des moulinets dans l'air enfumé du salon — l'écureuil en cage fait tourner sa roue jusqu'à la syncope.

Lui : « Tu ne publieras pas ça. Pas ce torchon, cette montagne de saloperies. Pense à notre fille, putain ! Rien que pour une fois, sois une mère et pense à elle ! »

Moi : « Tu crois ça ? Que je vais me gêner ? Tu as pris le droit de m'interner. Et si j'ai mis à profit ces quatre mois d'internement pour écrire un livre que mon éditeur adore... »

Lui : « C'est le mien ! C'est mon éditeur ! »

Moi : « ... tes droits sur moi sont forclos, et tu ne peux pas m'interdire de le publier. »

Lui : « Je suis le chef de famille, non ? J'ai le droit... j'ai le devoir de protéger ma fille... de protéger notre nom... de protéger notre argent. »

Moi : « Quel argent ? On est rincés, mon vieux, complètement à sec. »

Lui : « J'ai le droit. C'est moi l'écrivain et le chef... Ces épisodes-là que tu évoques dans ton torchon, ils sont à moi..., ils appartiennent à mon roman, tu n'avais pas le droit de les prendre. »

Moi : « Eh ! Bouffon ! Tu perds la tête ou quoi ? C'est ma vie, et je l'écris. »

Lui : « Tu voles ma matière. De quoi allons-nous vivre, si tu di... dilapides mon inspiration, si tu bousilles l'outil de travail ? »

Moi : « Quelle inspiration ? Quel roman ? Tu parles de ce brouillon qu'on attend depuis dix ans et qui avance d'une ligne chaque mois ? »

Lui : « Tu es une voleuse. Une cinglée et une vandale. Qu'est-ce que tu crois ? Que personne ne verra que tu m'as copié ? Que personne ne comprendra que ce délire sur papier sort tout droit de l'asile ? Tu ne peux t'empêcher de tout casser. C'est plus fort que toi. Mais moi je vais t'en empêcher... »

L'argent était sa réponse à tout, l'excuse de tout.

*

« Tu sais, Bébé, on la vendra bien mieux, ta nouvelle, si mon nom apparaît. Le patron du magazine y tient. Il offre une rallonge de cinq cents dollars si je signe avec toi. » Je n'ai pas réfléchi, j'avais confiance — je crois que je l'aimais, si incongru que le mot aimer me paraisse aujourd'hui pour dire notre relation si peu affectueuse — et je voulais moi aussi de l'argent, mais sans esprit de revanche, sans connaître le ressentiment singulier qui le rongeait au souvenir d'avoir été ce gosse pauvre et déclassé parmi les riches, le fils d'un bon à rien même pas foutu de vendre des savons, viré comme un chien par de vulgaires lessiviers. (C'est peut-être aussi ce qui nous rapprochait et nous donnait tant envie de plaire, de conquérir : chacun dans son genre, nos pères nous avaient fait tellement honte. Le Juge était si vieux, si ennuyeux, si dépourvu de charme et de puissance. Couché à sept heures et demie du soir, tous les soirs de l'année. Mes amies et mes soupirants n'en croyaient pas leurs yeux. J'ai toujours pensé qu'ils ricanaient dans mon dos. Je n'ai jamais su ce que mon père pensait, priait, espérait, s'il avait des regrets, des désirs en douce, des blessures cachées, et même ce mystère n'arrivait pas à me le rendre attirant.)

1922, Westport

Mes premières nouvelles allaient paraître dans les journaux sous nos deux noms :

jusqu'au jour où, sans crier gare — mais ça devait bien arriver —, on oublia mon prénom au bas du texte. « Deux mille dollars, Bébé, je ne pouvais pas refuser. J'avais du mal à la placer, cette histoire, tu sais. Ces voyous du *Chicago Sunday* étaient les seuls qui en voulaient... à cette condition, oui, que je m'en attribue la paternité. On ne leur donnera plus rien, d'accord ? » La paternité, disent-ils, *Let's father the story on him*. Écrire est une affaire d'hommes. De droit divin, écrire revient aux hommes. La maternité ? Le mot ne se dit que pour porter, nourrir, torcher leurs héritiers, faire que survive le nom au cas où la postérité de l'œuvre n'y suffirait pas.

Après les voyous de Chicago, il y eut les incompétents du *Saturday Evening Post* : la faute en revint au secrétaire de rédaction, lequel, croyant à une coquille, aurait bêtement corrigé Zelda en Francis Scott. « Ma foi, c'est une sacrée bourde », a reconnu Scott. Et moi : « La plus grosse coquille et la plus surprenante correction de l'histoire de la presse, non ? » Et lui : « Oh ! Bébé, ne fais pas ces yeux-là, assieds-toi, prends un verre, je ne veux pas de scène ce soir. Pitié, Bébé. » Je n'ai pas fait de scène. J'ai simplement cessé de m'adresser à lui. Deux ans que je me tais. Que je cache mes cahiers. L'usurpateur se sent usurpé. (Oh ! il peut toujours fureter : les cachettes changent toutes les semaines et je suis ingénieuse à dissimuler, comme disait le Juge.)

... Mais ce soir c'est trop tard, il le sait dans sa confusion éthylique : mon roman va paraître, il ne pourra pas l'empêcher comme il l'a fait douze ans plus tôt, cette nuit de bagarre où il a interdit à Nathan de publier mon Journal dans *Smart Set*, ma revue préférée. J'aurais tant aimé savoir qu'ils appréciaient mon texte. Cependant qu'il délaissait mon corps — le sexe n'était pas la discipline où il brillait — mes carnets intimes étaient devenus sa chair par alliance et il y rognait sans vergogne : sans eux, son deuxième roman eût été une enveloppe vide.

Au moment de distribuer les rôles, l'allégorie psychiatrique m'a dit : « Tu seras la Jalousie. » Mais voici que c'est lui, mon bel époux et mon vampire, qui enrage de me voir voler de mes propres ailes. Bientôt je vivrai de mon propre argent. J'ai touché mille deux cent cinquante-trois dollars pour une nouvelle qui paraît demain dans la revue du Kremlin (vieille plaisanterie qui me revient, on appelait ainsi le *Scribner's Magazine*). Ça s'intitule « Un couple de dingues ». Et Scott en ignore tout. La question est : attendrai-je qu'il ait dessoûlé pour lui glisser le journal sous le nez, ou bien compterai-je sur son ivresse pour décupler sa haine et le faire craquer à son tour ? La réponse est : tu n'en feras rien, tu cacheras le magazine — mieux, tu le jetteras après l'avoir lu. Sauve donc un peu de paix.

... En écrivant les mots qui précèdent, le souvenir m'est revenu d'avoir dansé, jeune fille, le rôle de la Folie dans un ballet écrit par maman. La scène du Grand Théâtre à Montgomery était tendue d'un dais jaune et noir. Minnie m'avait confectionné un costume de dentelle noir et or, cousu au bas de minuscules clochettes. Le *Montgomery Advertiser* m'avait trouvée exquise. C'était au temps de mon succès. J'étais la Salamandre. Et déjà, les clochettes sonnaient l'alarme.

Je dis ça pour rire un peu, une minute ou deux.

Écrire, 1932

J'ignore à quoi ressemble mon livre écrit d'un seul geste, d'une seule levée d'encre. J'ignore ce qu'il a pour plaire — pas d'intrigue, pas de nœud, pas de pelote sentimentale — mais je sais, je sens en lui une chose importante : un tendeur qui de la première à la dernière phrase tient le tout. Corde vibrante... au bord de rompre ?

Les hommes : d'eux-mêmes ils disent qu'ils sont « tourmentés », et c'est si élégant, si romantique, le signe de leur distinction supérieure. De nous, à peine nous déraillons, ils disent que nous sommes hystériques, schizophrènes — bonnes à enfermer, c'est sûr.

Et c'est moi qu'on enferme, en m'accusant de délirer quand je parle de Lewis : pourtant, et je ne l'invente pas, c'est Gertrude Stein qui nous l'a dit : Lewis se vante d'avoir dès l'enfance porté en permanence un couteau sur lui « afin de tuer tous les homosexuels ». Est-ce un homme sain, cela ? Il ne supporte pas de désirer Scott, aussi il va le liquider. Méthodiquement. Il a déjà commencé. De Gertrude, quand il eut compris qu'elle couchait avec Alice Toklas (il était long à la détente, tout le monde invité rue de Fleurus avait compris depuis des lustres), lorsqu'il découvrit qu'elle était une lesbienne affirmée, il s'est mis à dire tant de mal que c'était à vomir car il devait tout à cette femme, qui avait été son professeur, sa conseillère, sa bienfaitrice et son mécène. Mais les hommes comme Lewis, c'est pas la peine de leur chercher une humanité. Un type qui ouvre sa chemise jusqu'au nombril afin qu'on profite bien de sa moumoute d'orang-outan, faut pas en attendre grand-chose. Se lave-t-il seulement ? Difficile à dire : il m'a toujours dégoûtée, et depuis qu'il baroude, le fait savoir par les journaux, on a droit à des images de lui de plus en plus crade et mal rasé, la crasse sur le col de sa chemise encadrant la touffe de poils simiesque. Le guérillero grossit, de magazine en magazine. Est-ce qu'on grossit au combat ?

« Je sais ce que j'ai vu, répétais-je, j'ai de très bons yeux », ce qui était encore la vérité à cette époque. O'Connor était à genoux, la tête entre les cuisses de mon mari. La pièce était dans la pénombre, mais la lumière du projecteur éclairait assez la scène et je peux vous assurer que c'est bien ce qu'ils faisaient.

« Il n'y a jamais eu de projecteur, madame. Votre mari nous l'assure. Il est catégorique. Vous n'avez jamais possédé de projecteur.

— Nous étions à l'hôtel, c'était le projecteur emprunté à l'hôtel, le projecteur était braqué sur un mur de la chambre et... ils regardaient ce film pornographique montrant deux hommes avec une femme, et les deux hommes ignoraient la femme, si vous voyez ce que je veux dire. »

Ils ont secoué leurs têtes binoclardes, faces de carême du même blanc que leurs blouses : « Encore une hallucination, Zelda. Ce ne sont pas vos yeux qui vous trompent, mais votre esprit. C'est le propre de votre maladie : vous ne devez pas croire ce que vous voyez. »

Mais eux croient Scott, sa parole est d'or ou plutôt de dollars ; mon époux tient le chéquier. « Votre esprit crée des images qui sont des chimères, des anamorphoses. Vous comprenez ce mot ? »

L'insulte et la condescendance font-elles partie de la cure ?

« Je dessine et je peins, messieurs. Oui, je sais ce qu'est une anamorphose. » J'ai marmonné quelque chose comme « Crétins ! » ou peut-être pire, ils m'ont entendue et j'ai senti, à la façon fébrile dont ils se mirent à noircir leurs carnets, que je venais d'aggraver mon cas.

« À quel moment avez-vous senti que vous perdiez tout contrôle ? Pourquoi n'avoir pas posé de question à votre époux ? Vérifié que vous aviez bien vu ? »

Je les regardai, muraille blanc-gris, muraille hostile, sans voix.

« Si vous ne me croyez pas, demandez donc à l'hôtel. Faites votre boulot de flics ! Tout l'hôtel nous a entendus : oui, je les ai insultés. Mais quelle femme n'aurait pas été furieuse ? Lewis m'a traitée de tarée, de nymphomane et de ratée. Trois fois il l'a dit : Pauvre ratée. Il a dit : "Rentrez donc chez vous, dans votre trou d'Alabama. Foutez la paix à Scott." Alors j'ai soulevé le bol à punch qui était sur le piano et, de toutes mes forces, le lui ai lancé au visage. Il a juste eu le temps d'esquiver. Dommage. »

... Je me rappelle le choc strident, répercuté dans mes dents, dans mes os. Le saladier s'est brisé avec un bruit d'aigus terrible, aussi gracieux qu'angoissant — comme si le piano lui-même avait explosé. En voulant venir à moi, Scott a marché sur les éclats de cristal qui jonchaient le tapis comme autant de grêlons. Ses pieds saignaient, laissant au sol deux empreintes rouges, et il se trouva un moment très étrange où, de douleur, il s'immobilisa au milieu de la pièce, à égale distance de Lewis et de moi, bouche bée et ne sachant que faire. Lewis s'était rassis dans un fauteuil et regardait la scène avec un rictus crâneur. Je tremblais, muette. Le projecteur ronronnait dans le silence et son murmure était la pire obscénité que j'aurai jamais connue. Il y eut un moment où nous nous sommes regardés, Scott et moi, chacun se demandant qui l'éteindrait. Et ce fut Scott, qui, sur la pointe de ses pieds déchirés, les bras en balancier, traversa la pièce et, débranchant la machine, libéra un peu d'air dans la pièce. J'ai senti mes jambes fléchir, le sol se dérober, puis le grand trou noir.

*

Je suis à genoux.

C'est moi, désormais, à genoux.

J'attends qu'on vienne me chercher : toute seule, je ne pourrai pas me relever. *1940*

Ils viennent, ils ont de grandes armures blanches et molles, des tuniques de tissu écru qui les font innocents, innocents comme néants.

Il y a cette mèche noire devant mes yeux, qui balaie mes yeux, qui déchire mon écran. Pourquoi mes cheveux ont-ils foncé en si peu de temps ? Avec l'âge, on est censé blanchir, pas noircir. Coupez la mèche. Rasez la tête. Qu'on n'en parle plus. Écrivez ceci : « Une longue mèche noire coupait à l'oblique du monde en ce jour où, seule, elle contemplait la mer indolente, les hommes fumant sur la promenade, les femmes enveloppées dans les transats et les enfants courant sur la plage. »

Je sais tourner les phrases. J'ai eu un mari écrivain, rappelez-vous. Mais j'ai appris seule, sans son aide — oh ! surtout pas grâce à lui.

Je savais avant lui. Écrire, je savais avant que lui-même n'ait posé le premier stylo sur le premier feuillet du premier carnet.

Écrire, je savais et j'ai alimenté tous ses chefs-d'œuvre, non pas comme muse, non pas comme matière, mais comme nègre involontaire d'un écrivain qui semblait estimer que le contrat de mariage incluait le plagiat de la femme par l'époux. Les *shrinks* en blouse blanche ont une théorie : j'en veux à Scott parce qu'il s'est servi de moi pour toutes ses héroïnes, qu'il m'a prise pour matériau et m'a volé ma vie. Mais c'est faux, car cette vie était à nous deux, ce matériel nous le partagions. La vérité est qu'il s'est servi de mes propres mots, qu'il a pillé mon journal et mes lettres, qu'il a signé de son nom les articles et les nouvelles que seule j'écrivais. La vérité, c'est qu'il m'a volé mon art et persuadée que je n'en avais aucun. Que voulez-vous que je ressente ? Piégée, abusée, dépossédée corps et âme, c'est ainsi que je me vis. Cela ne s'appelle pas être.

Les docteurs adorent Scott. Il faut venir en aide à Scott, lui ôter cette épine du pied — que dis-je ! cet épieu dans le cœur qu'est sa femme forcenée. Ils disent, Scott et sa cour de toubibs, qu'écrire me nuit. La danse est nocive pour mon corps, l'écriture dangereuse pour ma santé mentale. Tiens donc. Peindre, ça va ; peindre, j'ai le droit. L'ego et la domination de mon époux sont saufs. Les bonnes mœurs, donc. Mais qui leur dit que je ne vais pas m'essayer à la pornographie et me lancer dans des fresques furieuses de sexe et de sang ? Ils mériteraient cet affront-là.

Mais non, je peins New York, je peins Paris, les villes les plus intenses que j'ai connues. Et je peins des scènes bibliques, des paraboles à la pelle, qui se vendront bien mieux dans notre Alabama que les paysages urbains. J'ai désormais à charge de faire rentrer l'argent pour Patti et moi. Les livres de Fitz ne se vendent plus du tout, sauf en France, où on l'aime encore. Mais ça ne rapporte jamais que des graines pour les oiseaux. Le chef de famille, c'est moi. Et je m'en sens capable. J'ai repris la marche, plusieurs heures par jour ; quand je marche mon esprit se délie, mes pensées volent — mais pas folles. L'énergie me revient.

1934. Deux cliniques et un hôpital

Dans le *Baltimore Sun*, cette photo me fait de la peine : on m'a demandé de poser devant mon chevalet, et comme dans le même temps il fallait que je regarde l'objectif, voici l'image la plus stupide de moi, profil trois quarts, regardant le vide, privée des azimuts. Méconnaissable à force de maigreur. Les cheveux taillés trop court n'arrangent rien. Une mâchoire nouvelle m'est venue, une mâchoire chevaline. Le seul trait de moi qui ait épaissi, quand mes jambes mesurent le même tour que mes bras. Et c'est encore sur cette putain de maudite photo qu'on m'a fait passer un tablier pour protéger ma jupe et mon corsage. Oh ! pas une veste de peintre ou un tablier de sculpteur, non. Juste un tablier à fleurs — un tablier de parfaite ménagère.

J'aime être cette femme maigre, cette mauvaise épouse et mère qui se nourrit du rien qui tue. Scott m'a fait passer cinquante dollars pour acheter des couleurs : c'était sa dernière missive, son dernier cadeau. On s'est tellement

aimés
et aussi
fait du mal
j'ai peine à
respirer

Ce qui nous a rapprochés ? L'ambition, la danse, l'alcool — oui, bien sûr. Ce désir bleu de briller. Aucun éther n'était assez haut ni puissant.

Scott et moi, on est des gosses de vieux. Les gosses de vieux sont tarés, c'est connu, avéré. J'avais prévenu : pas trop compter sur moi pour me transformer en génisse à tétins pendants. J'aurais un enfant — deux, peut-être. Ou je n'en aurais pas du tout.

. . . .

Scott, hâbleur, le soir où nous nous sommes rencontrés : « La seule hygiène de vie qui vaille, c'est l'excès, l'extrême. C'est se consumer avec panache en donnant tout de soi parce que cette Grande Guerre de Civilisation, cette boucherie du Vieux Monde nous tuera tous, sans discernement. »

Je n'étais qu'une péquenaude — de luxe, mais pécore tout de même. Lui, tout déclassé qu'il était, venait du nord, de chez les gens civilisés, mystérieusement froids et élégants — même les plus modestes d'entre eux.

. . . .

Le docteur Martha Kieffer a posé à Scott un double ultimatum : 1) qu'il arrête de boire ; 2) qu'il suive une thérapie avec elle. C'est à ces deux conditions qu'elle continuera de me soigner. Sinon, elle me relâche.

J'ai appris ce soir que j'étais transférée demain dans une clinique de Beacon, New York.

. . . .

Les médecins ont déroulé un tapis rouge, ma chambre croulait sous les fleurs. La consigne avait été donnée à tout le personnel, sous peine de renvoi immédiat, de ne pas L'aborder, de ne pas LE prendre en photo. Tant de vedettes viennent ici, et des gosses de millionnaires. Le personnel connaît la musique. Des piscines, des courts de tennis, des appartements particuliers avec gouvernante personnelle... cet asile écrase tous les palaces que j'ai connus et je me dis : Quelle chose absurde, tout de même, que Scott se ruine pour me faire taire, alors qu'il lui aurait suffi de me laisser avec l'aviateur pour être débarrassé de moi.

... Je vois bien que je perds, combat après combat. *Zelda, ta rime est pauvre, et c'est Berezina.*

*

Hier, dans une salle de réunion de l'hôpital Sheppard-Pratt, on m'a imposé une séance burlesque : en scène, le psychiatre qui a changé trois fois d'identité, un conseiller matrimonial mandaté par l'avocat de Scott, et moi bien sûr, ou ce qu'il en reste. On m'annonce que mes toiles seront exposées dans une galerie de Manhattan dans un mois mais que je ne pourrai pas assister au vernissage.

J'essaie de reproduire la scène de mémoire et sans abus de colère :

Le psychiatre : « Madame, votre mari a tant de soucis. Des soucis pécuniaires. Sans parler de ses soucis artistiques, bien sûr. »

Le conseiller matrimonial : « Votre séjour ici coûte cher, et il ne recule devant aucuns frais, sachez-le. »

Le psychiatre : « Il se plaint, et je le sens très malheureux, de ne pouvoir écrire son grand roman. »

Moi : « Est-ce ma faute ? »

Le conseiller matrimonial : « Non, bien sûr. Si seulement il se sentait soutenu. Si seulement il n'avait pas à pisser tant de copie, à donner tant de textes alimentaires pour vous faire vivre, votre fille, lui et vous. Il est le chef de famille, après tout. »

Moi : « Son roman, ça fera dix ans qu'on l'attend. Je ne suis pas responsable de ce retard. Je n'étais pas malade il y a quatre ans. Ce n'est pas ma maladie qui l'empêchait. »

Le psychiatre : « Non, bien sûr, c'est certain. »

Le conseiller matrimonial : « Si seulement il s'était senti soutenu. Dans l'épreuve et la difficulté, comme tout homme l'attend de son épouse. Comme époux et femme s'y sont mutuellement engagés. Il vous aime. Et d'ailleurs il vous encourage à peindre. N'est-ce pas grâce à lui que vous allez exposer enfin, chez un galeriste de ses amis ? »

Moi : « Il ne vous viendrait pas à l'idée que c'est un peu grâce à mon talent ? ça vous est impossible ? »

Le psychiatre : « Peindre est une bonne thérapie. Écrire vous replonge dans l'agitation que vous devez fuir. »

Moi : « Je sais que mon roman n'a pas marché. Que personne ne l'a aimé, ni la critique ni le public. Mais je n'en ai pas honte. J'en écrirai un autre. »

Le conseiller : « J'ai un chèque, là, pour vous. Un chèque de 50 $ pour vous acheter des tubes de couleurs. Ça devrait aller, non ? »

Moi : « Il m'aime, il me trompe, il paie. Rien à dire sur les engagements, ceux qu'il prend, déprend, reprend comme bon lui chante. »

Le psychiatre : « Il ne nie pas ses fautes. »

Moi : « Ainsi, à vous écouter, la salope ce serait moi ? »

Le conseiller : « C'est vous qui avez commencé. Vous qui avez été adultère la première. »

Le psychiatre, avec une petite toux sèche : « Han... Dans ces affaires-là, il n'y a nul coupable, nulle victime. Han... Nulle accusation, nulle apologie. »

Et moi, me levant, lissant sur mes cuisses la toile rêche du pyjama d'hôpital : « Bananes ! Vous êtes des bananes et je dis cela sans présumer de ce que vous portez dans la culotte, qui doit se sentir triste et n'est peut-être qu'un haricot. Mais dans la tête, vraiment, vous n'avez que des épluchures. »

Le psychiatre : « Infirmiers ! »

Moi : « Le chèque d'abord ! Le chèque pour mes couleurs. »

*

Finalement, j'ai pu assister au vernissage de mon expo, flanquée d'une infirmière et d'un maton. J'avais tellement le trac, j'étouffais, j'ai voulu prendre l'air en entrouvrant une issue de secours, et deux types m'ont sauté dessus, emprisonné les bras et le menton, pour me ramener au fourgon de l'hôpital.

Les commentaires des journaux — ceux-là mêmes qui m'adoraient naguère — leurs articles m'ont fait tant de peine. J'ai perdu la beauté et la fraîcheur qui exonèrent le scandale.

*

Quelques mois plus tard paraissait ce fameux roman tant attendu, celui qui devait écraser Joyce et Proust réunis. Neuf ans à l'écrire. Qui aura connu une curieuse accélération depuis quatre ans et mes trois internements. *Tendre est la nuit*, le titre sonne assez comique et grinçant : si c'est bien la nuit, c'est une nuit de haine. Il m'y a mise en scène malade, dans les moindres détails, en me prêtant les symptômes de tous les désordres à la fois — hystérie, schizophrénie, paranoïa : transparente sous le nom d'emprunt de mon avatar, j'y apparais comme folle à lier, une forcenée que seuls neutralisent la morphine, les bromures et les électrochocs. J'étais sa poupée modèle, je suis devenue son cobaye. Sa guenon de laboratoire. Je ne suis tellement plus rien à ses yeux que c'est tout juste s'il a pris la peine de transposer mes propos. Le pire est que l'horrible prostitution de ce livre fait un fiasco commercial et ne renflouera même pas nos dettes. Je dis « nos » dettes, sans le penser. Plus de nous. Et sa dette est énorme.

... De retour à La Paix, Maryland.

Lewis O'Connor l'écrase de son succès planétaire, et, plus pénible pour Scott, de son mépris clamé haut et fort dans les dîners et les interviews. Je l'imagine, ce Lewis, plus malin qu'intelligent, débiner son ancien ami et protecteur auprès de journalistes friands puis leur demander de surtout ne pas l'imprimer. « *Off-the-record* », doit-il leur dire avec un clin d'œil entendu, sachant que les types feront leurs choux gras de cet assassinat : l'auteur à la mode dézingue l'idole déchue qui l'a fait éditer.

Voici venir pour mon mari les temps amers : l'instrument de travail est cassé, la salamandre à la cervelle grillée ne répond plus. Qu'il parte, oui, qu'il aille en Californie gagner de l'argent. Des milliers de kilomètres ne peuvent pas nous séparer plus que ce livre exécrable. Il n'aura plus rien de moi, qui ai choisi ma dernière incarnation : je serai un hochet muet, une enveloppe vide.

Mon prochain roman, je l'écris en cachette. La cachette a changé au moins cent fois en deux ans, au gré des hôpitaux où l'on me déplace et de la complicité du personnel (mon mari écrit à tous les directeurs d'établissement en exigeant que l'on veille surtout à m'empêcher d'écrire, certains sont plus soumis que d'autres et font fouiller ma chambre). Au gré de mes rares permissions de sortie, Scott m'épiant sans cesse dans cette maison immense, je dois faire des efforts terribles pour imaginer de nouvelles cachettes. Et le manuscrit est si bien planqué... que parfois j'oublie où, à quel étage, dans quelle pièce, derrière quels lambris, sous quelle lame de plancher. Aussi je fais des pense-bêtes où je note l'emplacement et je les dissimule à leur tour. Scott sait bien que j'écris, et cela le rend fou de ne pouvoir mettre la main sur mon cahier. De celui-là, il ne volera pas une idée, pas une ligne.

C'est un jeu, si l'on veut, un jeu triste où j'essaie de sauver ma peau et ma raison.

Des femmes se mettent à genoux, je sais, pour implorer les hommes. Pour garder le fils de Joz, *1940* peut-être aurais-je dû supplier ou fuir. Me mettre à genoux ? Plutôt crever ! J'étais la fille du premier juge de la Cour suprême, la petite-fille d'un gouverneur et d'un sénateur... Fuir ?... « Tu es l'épouse pourrie », susurraient la cuisinière et le majordome de la villa du Cap, avec tant de pitié dans la voix que le titre de putain m'eût été un réconfort. On m'a punie, on m'a arrachée au bungalow de la plage où je vivais d'amour et d'indécence, on m'a emmenée loin de lui et personne dans la voiture, tout le temps que dura le trajet tourmenté sur la corniche aux mimosas, personne ne m'a parlé. On m'a obligée à tuer mon enfant.

J'ai porté un fils, quelques semaines dans ma vie. Sa sépulture fut une poubelle de la mercerie Excelsior à Menton.

Si je regrette ? ça va, je sais que je ne suis pas la mère de l'année. Un soir que je rentrais de mon cours de danse à notre appartement de l'Étoile — si triste, si crépusculaire enfilade de couloirs noirs et de pièces glacées —, j'ai cherché Patti et l'ai trouvée entre les mains d'une nounou qui lui donnait son bain. « L'eau fume, ai-je dit. Jeanne, vous êtes en train d'ébouillanter ma fille. » Et elle, alors, levant le menton, bouche pincée : « L'eau est à température, madame, et je m'appelle Noémie. » Patti était rouge et suffoquait mais ne dit rien. « Patti, veux-tu de l'eau froide dans ton bain ? » Elle secoua sa tête aux traits curieusement marqués pour une fillette. « Non, maman, vous n'avez pas à vous occuper de ça. » Ma propre mère a eu six enfants par devoir et par paresse intellectuelle. Un premier garçon est mort dans son berceau, emporté par une méningite. Nous, les quatre filles, avons épousé à merveille le système Minnie Machen : chacune incarnait pour l'accomplir un avatar de sa personnalité inachevée. À peine nées, nous étions distribuées. Marjorie était l'artiste, Tootsie l'intellectuelle, Tilde la beauté placide, et moi, l'enfant tardive, je figurais la poupée espiègle à qui l'on coud en rêvant des robes de princesse. Pour Anthony Jr, le second garçon et l'héritier du nom, aucun rôle n'était prévu. Dans le théâtre intime de Minnie, mon frère n'est tout simplement pas écrit. Il a bien tenté de l'écrire lui-même mais rien n'a été publié de ses nouvelles ni de ses romans. Pour toute espèce d'avenir, il n'aura qu'un bureau d'ingénieur et un donjon de solitude.

Ce que je sais, c'est qu'Anthony Jr, cette semaine de 1933 où il perdit la tête, demanda à être interné dans la même clinique que moi à Baltimore. On le lui refusa. Deux jours après, il se défenestrait du sixième étage d'un hôpital minable de Mobile, nos parents ayant refusé d'offrir à leur fils la clinique de son choix. Dans les journaux d'Alabama et de Géorgie, sa notice nécrologique expliquait que son décès était dû à la malaria, un « délire de fièvre » lui ayant fait enjamber la fenêtre par accident.

Je ne pense rien du suicide. Sinon que j'ai aimé plusieurs hommes suicidés, à commencer par mon frère dont la perte ne passe pas.

René est mort voilà cinq ans, deux ans après Tony Jr. Au-delà de ce globe d'attente, ont-ils trouvé leur trajectoire ? Poussière d'étoile ou trait de cendre grise, à quoi ressemble l'ultime et perpétuelle orbite ? Est-ce bien la Voie lactée — ou un interminable goulet noir ?

De nombreux médecins m'ont fait parler d'Anthony Jr, oui, sans lui attribuer un rang particulier sur l'échelle des blessures. Au dernier goûter de Thanksgiving, Minnie a attiré le directeur du Highland dans un coin du réfectoire et — *Thank mom* — lui a tout balancé : ma grand-mère retrouvée dans son lit avec un trou noir à la tempe et, à son côté, sur la courtepointe, le colt encore fumant dérobé à son mari, adieux sitôt suivis de ceux de sa sœur, la grand-tante Abigail qui préféra quant à elle se jeter d'un parapet dans les chutes de la James River à Richmond.

Comme si mes nombreux vices et excentricités

ne suffisaient pas à les effrayer, voici que l'hypothèse d'une hérédité suicidaire est devenue l'obsession discrète des personnels du Highland, l'équipe de jour comme la permanence de nuit. Je n'ai nulle envie de mourir — et c'est l'une des choses les moins faciles à prouver avec un pedigree médical comme le mien.

L'enveloppe blanche, de sa voix blanche : « Pas suicidaire, dites-vous ? Mais vous avez avalé deux flacons de cachets au départ de l'aviateur français. Et vous vous êtes jetée d'une falaise après avoir fait une scène de jalousie à votre époux. Cela fait beaucoup. »

Moi : « J'ai pris des comprimés pour dormir, pas pour me tuer. L'aviateur n'est pas parti comme vous semblez le croire. On m'a kidnappée. Cela vous fait sourire ? J'aurais voulu vous y voir. Scott a engagé deux hommes de la mafia locale qui ont débarqué dans le bungalow — et ces voyous ne donnent pas envie de sourire, eux. Je n'ai même pas pu laisser un mot d'explication à Jozan... Quant à la falaise dont vous parlez, je sais comment mon mari en parle. Sauf qu'il était ivre mort la nuit où cet incident a eu lieu. C'est d'un muret que je suis tombée, pas d'une falaise, et sous ce muret était un escalier que j'ai dégringolé. Le résultat ? J'avais les genoux couronnés, comme quand je me cassais la figure, gamine, en patins à roulettes. Vous parlez d'un suicide... »

Voix blanche : « Peut-on parler du jour où vous avez mis le feu à votre maison de La Paix ? »

Moi : « Mais c'était un accident ! Je faisais brûler de vieux vêtements dans la cheminée, et voilà, c'est parti d'un coup, tout s'est embrasé. »

Voix blanche, perdant le contrôle : « Si je comprends bien, ce sont toujours des accidents, n'est-ce pas ? Or, cette cheminée était hors d'usage. Toute la maisonnée le savait, votre époux, vos domestiques, même votre fillette était au courant. Mais pas vous ? »

Moi : « On ne me l'a pas dit. J'étais hospitalisée, une fois de plus, quand ma famille a emménagé dans cette nouvelle maison. Et puis vos insinuations n'ont pas de sens : cette pièce que je voulais chauffer était mon atelier. Dans cet incendie, c'est mon travail qui a brûlé, bon nombre de mes toiles et tous mes dessins. Pourquoi aurais-je détruit ce travail de plusieurs années, la seule chose qui me rattache encore un peu à la vie ? »

L'enveloppe blanche : « Vous déniez. Le propre des personnes suicidaires, c'est le déni. Puis la vérité trouve un jour son dû, et cette vérité c'est la mort. »

Qu'est-ce qui est accident ? Qu'est-ce qui se prémédite dans les ténèbres ? Qu'est-ce qui fait que j'ai rencontré l'aviateur par accident et que je l'ai perdu par nécessité ? Je voudrais comprendre... Les électrochocs sont trop puissants, ma tête est une bouillie bouillante et mes dents me font mal, je vais leur demander de baisser le voltage.

Déjà les lumières au néon. *Commencez par baisser les lumières*.

. . . .

Je me rappelle la lumière, si violente, si crue sur mon ventre verdâtre, dans cette arrière-boutique de la mercière à Menton. J'étais alors en réclusion à la villa Paquita, sous surveillance du jardinier garde du corps et de la cuisinière aux yeux en cul de poule. C'est elle, qui, contre un bon paquet de billets, m'a trouvé la *faiseuse d'anges*, comme disent les Français. Une autre liasse a acheté le silence du jardinier. (Il empocha les billets avec un ricanement de mépris. Tout le temps du trajet, il sifflotait des airs guillerets connus de lui seul. Les virages de la corniche l'amusaient comme un manège. J'ai dit que j'avais mal au cœur, alors il exagéra les courbes, freina, accéléra sans raison, faisant hoqueter la voiture. Il savourait sa victoire. Peut-être jamais aucune femme n'avait-elle été à sa merci comme moi en cet instant. J'ai compris que j'étais perdue. Je ne vaudrais jamais plus rien.)

Dans la cuvette émaillée que la mercière fit passer sous mes yeux, j'ai vu la chair rose et molle prisonnière du forceps. Mon fils. Le fils de l'aviateur. L'enfant du soleil et de la mer. J'ai senti une voix monter de mon ventre, mes mâchoires s'ouvrir, tétanisées, et mes yeux basculer dans la nuit. Je n'ai pas entendu mon cri. « Vous en avez fait, du joli ! me rapporta la cuisinière sur un ton de rancœur. Un cinéma pas permis ! Tout juste si les voisins n'ont pas appelé la police. Ça vous arrive de penser aux autres ? » Les deux bonnes femmes m'ont piquée, doublant la dose ordinaire de morphine. Les quatre jours suivants, je n'ai pas vu le jour. J'étais dans le noir, persiennes closes, rideaux tirés, et la cuisinière improvisée infirmière me faisait mes shoots de morphine, me laissant aux bras des chapelets d'hématomes et d'abcès douloureux.

Que dites-vous de ça, mon jeune monsieur ? Avorter, n'est-ce pas se suicider un peu ? Ce jour-là, oui, j'ai senti que je m'étais donné la mort.

5

LA NUIT PURITAINE (1940-1943)

« Nous appelons Nuit la privation du goût dans toutes les choses. »

SAINT JEAN DE LA CROIX.

Une visite

Tallulah est en ville. Venue chercher le pardon du clan Bankhead qui n'a que peu apprécié l'annonce de son divorce. Minnie me le cache, mes sœurs aussi. Que croient-elles ? Que je ne sais plus lire le journal ? Je l'ai suivie à travers les revues de cinéma. La fille prodigue a tourné peu de films, en tout cas rien de mémorable, et je ne l'ai jamais vue au théâtre. Oui, nous avons habité Manhattan à l'époque où elle jouait à Broadway, mais non, je ne suis pas allée l'applaudir : je n'ai pas réussi, peut-être n'y avait-il plus de place, peut-être n'ai-je pas insisté. Il faut croire que je n'en avais pas envie.

Que j'étais jalouse, eût dit l'aliéniste suisse, docteur Chaumont, je crois, ou Beaumont, ou Tartempion, un de ces nombreux visages interchangeables qui se superposent dans mon souvenir au point de s'effacer les uns les autres.

« Peut-être que la pièce ne vous intéressait pas ? » aurait tempéré le docteur Kieffer, la seule en qui j'aie eu confiance dans ces dix années d'internement. Elle, Martha, à la voix douce si apaisante, et lui, maintenant, ce joli interne aux yeux bleu marine, le sosie d'Irby Jones.

Dans le petit jardin du bungalow, nettoyé et ratissé de frais pour sa visite, Miss Bankhead gigote sur son fauteuil de rotin qui grince et me met les nerfs en pelote. Elle parle si fort. J'avais oublié cette voix éraillée qui m'amusait quand nous étions gamines. Elle fume cent cigarettes par jour, me dit-elle, pas peu fière de l'exploit. Réclame du gin, à défaut de bourbon. Jure comme un charretier. Les gazettes avec elle semblent en deçà de la réalité — timorées, les feuilles à potins. Dépassées par l'ampleur du sujet. Que faire de la pécheresse qui précède le fouet et clame en public ses dépravations ? Jusqu'où aller quand la pécheresse est la fille chérie du président de la Chambre des Représentants, autant dire le numéro trois du pays ?

« Le cinéma, *dahling*, tu ne peux pas savoir l'ennui que c'est. Hollywood ? Un malentendu épouvantable. Je préfère mille fois la scène », me dit-elle. Et j'ai pensé : *Tu as bien raison, Tallulah, car la caméra, elle, ne t'aime guère. T'a plus souvent défigurée que sublimée. Fausse Garbo, Dietrich à la noix.*

« Elle ne prend pas la lumière », disait Scott d'un air de reproche très professionnel, comme si c'était ma faute à moi, comme s'il y allait de son intérêt à lui. Depuis qu'il écrivait pour Hollywood, il se mettait à répéter les inepties et les clichés que cette banlieue cultive encore mieux que les dollars et les morts violentes. Maman m'a fait le rapport des amabilités qui se colportent dans les maisons autorisées de Montgomery : l'actrice aurait essuyé la pire humiliation de sa carrière en apprenant, après avoir fait le déplacement de NYC à LA pour des essais, qu'on ne l'avait pas retenue pour interpréter Scarlett dans l'adaptation de *Gone with the wind*, le plus gros succès de librairie que l'Amérique ait connu. « Ce rôle était pour moi, aurait-elle déclaré au producteur avant de le traiter de couillon (ou d'enculé, selon les versions et le sexe des rapporteurs). La fille du Sud, c'était moi ! pas cette pisseuse anglaise toute minaudière, avec son petit nez porcin et sa voix pointue, sexy comme une rosière. » Et, toujours selon la légende des bonnes âmes d'Alabama, le producteur insulté aurait rétorqué qu'elle avait passé l'âge et qu'aucun chef opérateur, même avec beaucoup de maquillage, de gélatines et de filtres, ne pourrait lui redonner ses vingt ans.

Je n'avais jamais saisi à quel point on se ressemblait, elle et moi. Pas seulement dans nos caractères difficiles — naguère irréductibles, aujourd'hui bien entamés. Ces visages à l'ossature trop présente, des visages de garçon. Comme elle n'en fait pas mystère, tout le monde sait que Miss Bankhead couche avec des femmes aussi bien qu'avec des hommes. Dans les yeux inquiets de Minnie, je vois passer le spectre d'une rumeur rétrospective : et si les bonnes âmes de Montgomery allaient répandre l'idée que nous étions lesbiennes, elle et moi ? *Que croyez-vous qu'elles fricotaient à quinze ans, toujours fourrées ensemble, en short et en chemise comme des garçons, cavalant toute la journée les bois, les étangs, les granges abandonnées ? Oh çà ! Elles en faisaient, de l'exercice !*

Le corsage transparent de sa robe de crêpe noir est fermé par un rang de petites pierres taillées, du jais sans doute, qui font à son cou comme une rivière de diamants noirs. (Minnie, ce matin : « Tu n'es pas sérieuse, ma fille, tu ne vas pas recevoir ton amie dans des bas rapiécés, avec des savates de marche et ce sac informe que tu appelles jupe ! Fais venir le coiffeur, au moins. ») Je regarde mes cuisses maigres dans la jupe écossaise trop large. Mes mains sèches, rougies par la térébenthine et les détergents, la pulpe des doigts rongée à vif. Deux mains que le désir d'agir démange, que je retiens, sagement posées sur mes genoux. Mes bas moches, mes chaussures à lacets de vieille fille. Je m'en fous. Si tu savais comme.

J'ai la Cinquième Avenue en chantier moi pas le temps de prendre le thé plus de carnet pour les mondanités sur la Cinquième je mettrai des arbres rouges et des drapeaux sur les autos Independence day, peut-être je mettrai aussi un arc de triomphe tout blanc quelque chose comme ça incongru, déplacé tu n'y es pas Qui est cette femme étincelante qui m'éclabousse je pourrais la peindre elle aussi mais comment rendre sa voix de rogomme cent cigarettes par jour et deux litres de gin Dahling *comme qui dirait de l'eau on ne peint pas les voix pas les odeurs pas les parfums Laissez-moi seule Je fermerai derrière vous.*

Mais la vedette s'enfonce dans le fauteuil craquelant et tape du talon.

« *Outlandish !* » écrivaient d'elle les journaux, même les plus sérieux, « *outspoken ! outrageous !* » Tallulah partit d'un rire éraillé : « En somme, je suis *out* ! Il n'y a guère que ce nouvel arrivant, Hitchcock, qui songe à moi, au dire de mon agent, pour une énième connerie de film. Tu sais quoi ? J'ai toujours regardé la caméra comme une entité hostile. Le genre d'agresseur qui te met à nu puis te dépèce. Œil noir comme le miroir sans tain des postes de police. »

Elle huma l'air du soir, les narines frémissantes cherchant un parfum qui n'y était pas, sans doute un parfum de notre enfance que nos corps abîmés ne savaient plus détecter. Un moucheron était collé à un coin de sa bouche. Elle ne le sentait pas — à cause du rouge à lèvres, me disais-je, si épais, agressif et poisseux. Comment pouvait-on se peindre ainsi le visage, les yeux, les lèvres, les joues ? Des sandales à talon sortaient deux gros orteils vernissés de violet tels les ongles de ce singe amazonien du zoo d'Oaks Park, qui, entre deux barreaux de sa cage, tend sa main noire toute ridée de malheur aux visiteurs impassibles. Qui ne prennent pas sa main. Je vais souvent le voir. Nous communiquons, lui et moi. Je parle, il écoute de ses grands yeux ronds, dilatés et intenses. Parfois, du dos de la main, il caresse ma joue.

« Tu ne bois pas ? » demanda-t-elle en versant dans son verre le dernier fond de la bouteille de gin. Il y avait une chose curieuse lorsqu'elle se servait à boire : ses lèvres peintes s'étiraient vers le bas, dans une moue de dégoût. Dégoût de quoi ? Du breuvage ? Du mal qu'elle s'infligeait ? Ou bien était-ce plutôt l'ennui ? L'ennui de notre conversation si terne ? L'ennui d'être à Montgomery comme ailleurs ? L'ennui du monde sans le théâtre ?

« Il ne vaut mieux pas. Je m'en tiens au soda. Veux-tu que j'aille chez Minnie en chercher une autre ? »

Sur ma nuque, je sentais le regard de maman qui, depuis l'étage de sa maison, nous surveillait.

« Tu ne bois plus, tu ne sors plus, tu n'as pas de soupirant...

— Je suis encore mariée.

— Et la risée de tout le pays. Réveille-toi.

— Scott prend soin de moi. Il travaille dur pour l'entretien de sa famille.

— Et pour celui de sa pétasse peroxydée. Je les ai croisés tous deux en voiture, sur Mulholland Drive, l'autre jour. Il est si bouffi, horriblement fané, je ne l'aurais pas reconnu. C'est mon agent, Peterson, qui me l'a signalé : "Tiens, voilà le plus beau raté parmi les ratés d'Hollywood." Tous ses scénarios passent à la poubelle. Il sera bientôt sur la paille. C'est elle, la pétasse platine, qui conduisait.

— J'ai bon espoir de vendre mes peintures. Un marchand d'art d'Atlanta est intéressé. Une galerie à New York aussi... peut-être. J'ai bon espoir de m'en sortir. Qui sait ? De *nous* en sortir.

— Ma tante Marie dirait donc vrai ? Tu vises la sainteté ? »

On a ri sans pudeur, à grands éclats jouissifs et dévastateurs. Les fauteuils en rotin craquaient à se rompre. C'était comme avant, il n'y a pas si longtemps, quand nous étions les deux filles les moins inhibées du comté, les moins religieuses aussi. Nos deux rires, ensemble une dernière fois, comme les onzième et douzième plaies d'Égypte.

« Je peux te dire un secret ? Depuis que je parle de Dieu, ils me trouvent beaucoup moins folle. "En bonne voie", promettent-ils à maman. D'avoir mis le nom de Dieu sur mon calvaire, eh bien, ç'a été comme un miracle : ils n'ont jamais senti la guérison aussi proche. » Tallulah me toisa avec surprise et un peu de condescendance aussi : « ça fait longtemps que j'ai compris ça. Il suffit d'aller à l'église épiscopale un dimanche, de se tenir en retrait et de regarder toutes ces têtes fléchies qui dodelinent d'un même mouvement de balancier. Retire-leur le mot Dieu, et ils sont tous bons pour l'asile. Trente fourgons pleins, direct au cabanon. La religion est une question de santé publique. On ne rigole pas avec ça. »

Avant de me quitter, elle prit prétexte d'un besoin de se rafraîchir le visage pour entrer dans le bungalow. Elle contempla la toile en attente sur le chevalet, si longuement que j'en fus presque gênée — je n'avais couché que trois ou quatre aplats de rouge et de brun, rien qui méritât un tel recueillement.

« Je m'en veux, dit-elle. J'aurais dû insister.

— Insister ?

— Pour que tu épouses mon cousin. Il t'aimait vraiment. Et toi, tu aurais bien fini par l'aimer aussi. Je ne plaisante pas. Il est intelligent, prudent. Il plaît. S'il suit le chemin que mon père lui a indiqué, sans négliger aucune étape, il dormira un jour à la Maison-Blanche. Tu t'imagines ? Première dame du pays !... Tu aurais fait ça très bien.

— Je suis la femme du plus grand écrivain de ce pays. »

Elle, alors, jetant sur le gravier de l'allée un mégot rouge sang : « Tu l'étais, ma chérie. *Il l'a été* un an ou deux. Aujourd'hui, son nom n'est même plus cité dans les génériques. Tu ne le savais pas ? Oh ! désolée..., je suis une conne, *dahling.* » Par la pointe de l'escarpin qui écrasait le mégot, un gros ongle violet dépassait. J'ai cru l'entendre grésiller. Odeur de corne brûlée. *Buhning !*

*

Lorsque je l'ai accusé de coucher avec Lewis, Scott a eu vite fait de retourner contre moi le grief, disant que j'étais lesbienne depuis toujours. Il n'en avait aucune preuve, et ça tombait bien parce que personne ne lui a demandé d'en fournir. Un jour, il a dit à Lewis que je couchais avec Lioubov Egorova. Avec son intuition d'homosexuel honteux, Lewis a discerné dans les plaintes de Scott une part de vérité : j'étais amoureuse de Lioubov, que j'appelais Love en secret. Mais jamais je n'ai eu envie d'un contact sexuel, jamais. Je voulais juste être auprès d'elle, dans le sillage de ses gestes, dans sa sphère de lumière.

Je soupçonne Tallulah de n'être pas plus dissidente que moi en matière de sexualité et de laisser faire la rumeur : tant que, sur le papier, elle couche avec tout ce qui bouge, c'est qu'elle est en vie et demeure un point de mire pour les flashes. Notre ressemblance doit s'arrêter là : je ne suis pas actrice, et j'ai une fille à protéger.

Ce matin, je me suis réveillée d'humeur radieuse, Minnie m'a demandé si j'avais vendu une toile ou quoi, j'ai dit : « Non, maman, mais je vais me défendre un peu mieux désormais. » J'ai appelé Maxwell et lui ai demandé de contacter les avocats de Lewis : la prochaine fois qu'il me calomnie, fût-ce en privé, je l'attaque en justice. Il n'a aucune idée de ce qu'une pauvre timbrée d'Alabama, fille d'un juge, petite-fille d'un sénateur et d'un gouverneur, peut rassembler de fonds pour sa défense. Et de témoins de sa moralité. Le grand imposteur pourrait bien y laisser sa chemise. Les avocats ne s'y sont pas trompés : M. Lewis O'Connor a reçu ordre de son éditeur de ne plus prononcer mon nom. « De ne jamais l'écrire non plus ? — Encore moins l'écrire, chère madame. »

*

Suis allée rendre sa visite à Tallulah dans le palais familial.

Un télégramme lui a confirmé qu'elle tournerait un film important avec ce metteur en scène anglais qu'elle a connu à Londres et qui vient d'arriver à Los Angeles, Alfred Hitchcock : « Je ne comprends rien à ce petit gros, un génie, dit-on. C'est un excentrique, tu sais. Il préfère les acteurs homosexuels, il dit qu'ils ont dans le regard quelque chose de plus intéressant, une lueur ambiguë qui colle avec l'idée qu'il se fait du cinéma. Quand je l'ai rencontré, à ma période londonienne, il ne tournait qu'avec son acteur-chanteur fétiche, Ivor Novello, une folasse affichée. Ivor avait un tube qui passait à la radio : *We'll gather lilacs*. Toute l'Angleterre chantait cette chanson. C'était tellement... décadent et anglais. Décidément, notre dépravation ne connaît pas de fin. »

Minnie ma mère n'a jamais aimé les Bankhead. Tallulah est pain bénit pour elle. « Je ne m'en fais pas pour cette morue. Elle peut toujours jeter son bonnet par-dessus les moulins, rouler ivre morte dans le caniveau et jurer comme un charretier : elle est et restera aux yeux de la bonne société une Bankhead. Ne crois pas qu'elle se déclasse tout à fait : elle fait chaque année ses dons aux œuvres philanthropiques et, si j'en crois sa tante, elle gère sa fortune en femme d'affaires avisée. »

On dit qu'à ses débuts à Broadway, le président Bankhead avait fait glisser un mot au producteur de la pièce. Et c'est en raison de sa naissance qu'on lui pardonne tout, qu'on supporte ses frasques sexuelles, son alcoolisme, sa langue trop bien pendue — oh ! les reparties étincelantes de Miss Bankhead font les délices des dîners mondains. Tallulah a cet esprit vache qui plaît. Elle est du genre à se moquer devant toute une tablée du journaliste à cancans le plus craint d'Hollywood. Scott m'avait raconté cette soirée chez Joan Crawford, le journaliste vipérin demandant à Tallulah : « Miss Bankhead, on raconte que la nouvelle coqueluche, Cary Grant, est un suceur de bites. Est-ce vrai ? » Elle, alors, lui crachant en plein visage la fumée de sa clope : « Je n'en sais rien, figurez-vous. Il ne m'a jamais sucé la bite. »

Ledit journaliste scatophage écrivit alors qu'après avoir séduit le mari, Douglas Fairbanks Jr, Tallulah couchait à présent avec l'épouse, Miss Crawford.

Je ne suis pas assez naïve pour ignorer qu'il est plus facile de faire scandale lorsqu'on n'y risque pas sa position sociale. Ce que j'écris de Tallulah vaut pour moi tout pareil. Si ce n'est que j'ai perdu, moi, et ma position sociale et mon goût du scandale.

Sa gloire sur les scènes de Londres est sa grande nostalgie : des gamines, des petites ouvrières l'attendaient des heures dans le noir d'une venelle, sous la pluie. « Tu ne peux pas imaginer, elles copiaient mes tenues tant bien que mal, elles se coupaient les cheveux comme moi, un carré avec la raie sur le côté. Elles étaient là, plantées dans l'arrière-cour des théâtres, et elles chantaient en un chœur vibrant “Tallulah Alléluïa”. Tu sais, ça fait froid dans le dos la première fois. Puis on s'habitue. »

Oui, Miss Bankhead, je connais, j'ai vécu ça. Mais je le vivais en comparse, en accessoire décoratif, à l'ombre du génie.

*

Je couds mes robes (disons : de longs sacs en forme de croix) ; pour éviter les frais de coiffeur, je fais mes teintures et mes mises en plis moi-même (ma mère m'observe avec une orgueilleuse tristesse, elle qui natte matin et soir ses longs cheveux blancs splendides comme cheveux de reine centenaire) ; et je hante les kermesses, les thés et ce sinistre Women's Club où je fourgue tout ce que je peins, vaisselles et objets du décor, des bols, des plateaux, des vases, des sous-verres, et des plateaux encore, à iris, à pivoines, à volubilis, des plateaux dont j'ignore bien ce qu'elles font, toutes ces commères.

Et je me pose la question : une fois que j'ai tourné le dos dans ma robe informe, avec ma mise en plis ratée et mes grosses chaussures de marche, est-ce qu'elles ne gloussent pas un peu, est-ce qu'elles ne susurrent pas : « La pauvre ! », est-ce qu'elles n'ironisent pas : « Finir bientôt clocharde dans une rue qui porte son nom ! »... puis, leur âme chrétienne ayant acheté par la charité tous les pardons de toutes leurs fautes à venir, est-ce qu'elles n'éclatent pas d'un rire solidaire et vengeur ? Celles-là que j'enfonçais trente ans plus tôt, qui désespéraient de me ressembler un jour, ne jouissent-elles pas un peu de me voir dans cette décrépitude ?

Comme me l'écrivit Scott un été avant sa mort, « la maladie et la dèche ensemble sont une calamité ».

*

15 septembre : William Brockman Bankhead est mort hier d'un arrêt du cœur. Ce pauvre cœur avait bien souffert depuis la perte de sa femme, morte en couches de Tallulah. Je me suis souvent demandé ce que l'on éprouvait à l'idée d'avoir tué sa mère en naissant.

Pauvre Tal, à peine était-elle rentrée à Manhattan, elle n'a pas eu le temps de défaire ses malles et a dû faire demi-tour, aller chercher à Washington la dépouille de son père puis la rapatrier ici. Son père était tout pour elle, même si l'avouer eût écorné sa réputation de garce ingrate.

21 décembre 1940

« No God today.
No sun either.
My Goofo died. »

22 et 23 décembre

L'idole est morte. « Votre époux, madame, oui. On préférait vous l'annoncer avant que vous ne l'appreniez par la radio et les gazettes. Le Studio vous demande de croire en ses sincères condoléances. »

Je n'ai pas de peine, je lui en veux trop.

Et eux..., leurs voix blanches péremptoires sortant des linceuls blancs : « Elle est apathique, comme vous le voyez. A basculé, ne répond plus. La catatonie s'accompagnant de ce que l'on pouvait craindre depuis que l'éditeur charitable lui refuse ses manuscrits : une plongée refuge dans l'aboulie et la psychasthénie. »

Nulle place dans ma poitrine pour les sanglots : je lui en veux et je maudis le sort qu'il me fait en me condamnant à lui survivre. Pour avoir vécu dans son ombre, me voici donc promise à faner seule et m'éteindre dans le noir ?... Pourrissante ! Répugnante !... Le grand achèvement ! Mon bel époux ne meurt pas : il se venge et triomphe. Toujours, il triomphe.

On dit que ma folie nous a séparés. Je sais que c'est juste l'inverse : notre folie nous unissait. C'est la lucidité qui sépare.

Qu'on ne compte pas sur moi pour la suite des affaires. Je ne serai pas la femme de Mausole.

*

C'est-à-dire... personne ne sait comment on a pu s'aimer au départ ni comment on s'est supportés toutes ces années. Au départ je me foutais de lui, à la fin il se foutait de moi.

Scott est l'homme rédimé de son père — il a tant brillé — en même temps que le fils relaps de son père : il a tant échoué !

Pour tout cela, il a payé le prix fort. Oh ! mon époux, dis que c'est un mensonge de moi, encore une hallucination de moi : Dis que tu n'es pas mort mais que vite tu vas revenir, là, dans une torpédo flambant neuve, que tu vas remonter l'avenue de ce bourg minable et que, devant le portail, là, tu vas klaxonner assez fort pour que j'entende, que tout le monde entende, mais pas si fort, en fait, habile que tu es, pour éviter le tollé qui indigne ma mère. Alors je sortirai du bungalow, je verrai la Stutz Bearcat rutilante, j'applaudirai et tu accourras. Minnie dans ses rideaux sera prise, enfermée à son tour, pas jouasse, non.

Scott... Goofo... mon Scott... reste avec moi. Que tu t'en ailles ?... Mais tu avais promis qu'on resterait ensemble ! Ensemble les deux plus beaux oiseaux du ciel ! Je vais vérifier, rappeler le marshal d'Hollywood... Goofo ! Mon Scott, c'est moi, Bébé ! Goof... si tu crèves, si vraiment tu es crevé, je crèverai aussi.

Je vais dire à Patti de rentrer de New York — il est si tard — l'heure qu'elle revienne pour la cérémonie... les funérailles autant dire... ton départ, Goofo, le grand départ. Ah ! je voudrais tant m'en aller avec toi, mon Scott, mon rêve debout, mon bel inflexible. Tu ne ressembles pas à la mort. Tu ne ressembles pas au cadavre bleui qu'on présente à ma vue.

Tu es le prince désarmant. Définitif.

Se souvenir de ça.

Sur le paquebot de Gênes, un photographe nous avait réunis, t'en souviens-tu ? Entre nous deux, Patti se tenait bien droite, le visage grave, une valise d'enfant dans ses mains comme si elle n'était que de passage, en visite parmi nous. T'en souviens-tu, Goof ? T'en souviens-tu, toi que j'ai aimé à m'en rendre folle ? Qui désormais se souviendra de nous ? Qui ? Comme si, de notre vie, rien ne devait rester. Cendres amères et poussière d'or — le vent des plaines les disperse. Les amants romantiques ont fait long feu.

Sur cette photo, je retrouve le long manteau en écureuil que tu m'avais offert chez un fourreur de la Cinquième Avenue, le seul vêtement dont je me sois entiché dans ma vie, et c'est toi qui me suppliais de le jeter quand il fut trop mité. Contrairement à ce qu'on a pu dire et écrire, la mode ne m'a jamais intéressée, je me suis ennuyée des heures interminables dans des dîners avec ces gens de la couture, à Manhattan comme à Paris. Leurs vêtements compliqués me gênaient aux entournures. Je regrette encore les shorts de mon enfance, la liquette en coton et les sandales rapides.

Et si je m'étais trompée de vie ? Si mon orgueil idiot avait causé ma perte ?

La question me hante depuis deux jours, lancinante.

Rendez-moi

Je n'ai pas eu le temps d'accepter la mort de Scott qu'un autre malheur est venu frapper à la porte.

Auntie s'est éteinte dans son sommeil la nuit dernière. C'est ce que nous apprend son petit-fils venu en courant sur six ou sept miles nous prévenir, nous les premières. Maman disparaît aussitôt et revient avec une enveloppe pour les obsèques. Ce geste si vilain, alors qu'elle n'a pas même posé de question, pas pris le temps d'embrasser le garçon ni de lui adresser un mot de condoléances, cette façon de courir direct à son coffre m'a fait honte. L'argent. L'argent excusera-t-il qu'elle n'ait pas fait entrer le petit-fils mais l'ait laissé dehors, sous le porche, de l'autre côté de la porte moustiquaire, comme s'il fallait toujours maintenir un grillage, même ténu, même symbolique, entre eux et nous ?

Auntie est partie, et je comptais sur elle pour mourir dans ses bras, bercée comme avant dans son parfum de tubéreuse, de cannelle et de pain d'épice. Elle sentait toujours un peu la cuisine. La cuisine du dimanche, les fritures, le maïs caramélisé, la patate douce. Sa peau était sucrée. Sous le frais amidon du repassage, elle glissait une armure magique qui me rendait intouchable.

C'est dans ces bras-là, moi, que j'imaginais boucler la boucle. Mais Auntie m'a devancée et c'est la logique atroce des âges.

À son petit-fils, j'ai offert un grand verre d'eau fraîche et mon vélo. Qu'il ne coure plus ainsi les larmes aux yeux, les pieds en sang : il a encore bien des miles à faire, bien des faubourgs à traverser s'il veut prévenir tous les parents et les nombreux amis d'Auntie. Tant de monde aimait Auntie.

Si seulement j'avais une auto, j'aurais pu le soulager, ce gosse. Mais mon mari n'avait plus d'argent et mon mari refusait que je conduise.

*

J'ai perdu bien des mots dans ma vie, à force d'abrutissement.

Le mot perdu qui me manquait le plus, depuis quinze années, ce mot m'est revenu en rêve dans la nuit : *Volupté*.

Moi qui aimais tant prendre des bains, paresser dans la mousse et le parfum, les bourreaux blancs m'ont plongée dans des baignoires emplies de glace pilée, ils m'y tenaient, pesant à quatre mains sur mes épaules et mes chevilles jusqu'à ce que je m'évanouisse de douleur. Aujourd'hui, la seule vue d'une baignoire me glace le sang.

Qui pardonnerait ?

*

Goofo n'étant plus là, je dois songer à restreindre mes fournitures. La toile et les châssis coûtent si cher. Mes allégories bibliques ne marchent pas aussi bien que je l'espérais. Tout juste si j'en ai vendu trois, et c'était à des amis, Lillian, les Murphy... Les fidèles. Les indéfectibles.

Je vais retourner aux poupées de papier que je fabriquais pour Patti lorsqu'elle avait cinq ou six ans. Cela représente des heures et des heures de travail, mais je n'en dirai rien. Chaque poupée a sa garde-robe. Pour Scott, j'avais fait une tenue d'ange : deux grandes ailes blanches accrochées dans le dos de son complet veston. Je crois que ça restera ma préférée, à tout jamais. Les poupées de papier se vendront, c'est sûr, comme des petits pains.

Tallulah est revenue pour Noël. On a bien ri, ma foi. Je lui ai dit que je ferais sa poupée, et elle : « Fais donc ça, *dahling*, et pour ma garde-robe découpe-moi un habit de nonne ainsi qu'une tenue de motard. » On s'est rappelé la nuit où Red m'avait mis au défi de conduire sa moto. Non seulement je l'avais enfourchée, mais j'avais dit à Tal de monter à l'arrière. Je crois bien que les vieux de Montgomery en parlent encore : deux filles en cheveux sur une motocyclette pétaradante, lancée à fond. Deux vestales hurlant de rire et insultant les gens qui prenaient le frais sous leur véranda. Mon Dieu... que tout ça est... perdu. Avec les mots d'avant.

Tal et moi, on montait les marches du capitole jusqu'au péristyle et là, entre les colonnes imitées de l'antique, tels deux singes de foire, on faisait nos exercices, moi mes roues, Tallulah ses chandelles, et tout était bon pour montrer ce qu'on doit cacher. Les gens détournaient le regard. C'eût été trahir l'aristocratie de nos familles que de regarder l'intimité d'une progéniture honteuse.

D'autres jours, plus sages, nous donnions sur ces mêmes marches des mimodrames où Tal m'écrasait de son talent. Elle finissait par une pirouette grotesque qui dénonçait, ridiculisait le tragique précédent. Tal était une diva de treize ans.

Notre farce préférée, c'était quand même la farce dite « des honteux » : on se planquait sous le porche voisin du bordel — une institution centenaire de Montgomery — et lorsqu'un type passait le seuil, mal rhabillé, le visage congestionné, on lui braquait au visage nos lampes torches. Là, c'était quand même drôle. Qui irait appeler la police pour se plaindre ?

Au lycée j'étais la plus populaire. Élue la plus jolie du comté, en route vers le sacre suprême, disaient nos péquenots, celui de Miss Alabama. Les garçons prétendaient. Engageaient des paris. Pauvres andouilles d'Alabama.

Moi, c'est au camp d'aviation que j'allais danser, c'est dans les bras solides et virtuoses des aviateurs que je voulais tourner jusqu'à perdre la tête. Ce n'était pas tant les officiers vêtus de drap qui m'attiraient. Scott avait un air idiot dans son uniforme — et un air vaniteux, quand j'y repense, qui aurait dû m'alerter. Les pilotes, eux, dans leurs cuirs merveilleux à l'odeur soutenue de tabac et d'hormones, ne sont jamais fats ni gourmés : ils sont ce dont rêve toute jeune fille du Sud et d'Ailleurs, j'imagine.

C'était en 1918, les gars du contingent attendaient d'aller faire leur devoir, Scott attendait d'être un héros, et je les enviais, tous sans exception. Quelle chance d'être un homme ! Quelle pitié d'être une femme quand on n'a pas l'âme femelle. Tant d'hommes m'ont désirée sur un malentendu.

Joz me parlait comme à un homme. Me traitait comme un homme ou disons son égal. Joz m'aimait : mon cerveau grillé le sait, et j'emporterai cette certitude dans ma tombe.

*

Aux funérailles, Patricia Frances a lu un extrait d'une lettre que son père lui avait envoyée l'été 33, quand j'étais hospitalisée. Elle n'avait pas douze ans.

« Choses dont il faut se soucier :

Se soucier d'être courageux.

Se soucier d'être propre.

Se soucier d'être efficace.
Se soucier d'apprendre à monter à cheval.
Choses dont il ne faut pas se soucier :
Ne pas se soucier du qu'en-dira-t-on.
Ne pas se soucier des poupées.
Ne pas se soucier du passé.
Ne pas se soucier du futur.
Ne pas se soucier de devenir grande.
Ne pas se soucier de ne pas être la première.
Ne pas se soucier de triompher. »

Nous étions tous en larmes tandis qu'elle lisait, la voix chevrotante, les recommandations de l'homme qui l'avait adorée. J'aurais voulu la serrer dans mes bras, la tenir fort contre mon cœur. Je n'y arrive plus.

. . . .

Ce que je ressens ?... à l'imaginer pourrir entre quatre planches d'acajou ?... c'est de la tendresse, docteur. Une horrifique tendresse. Mais cette folie à deux, ce n'était pas l'amour.

. . . .

Rendez-moi mon frère. Les hommes comme Anthony Jr ne peuvent se résoudre au rien annoncé. Le zéro s'est effacé lui-même, proprement. Ne reste du grand frère si beau et si lointain que sa légende d'enfant frondeur, aux frasques et bizarreries incessantes. Minnie la mutilante : « Ton frère ne savait quoi inventer pour se faire remarquer. Il a fini par trouver. »

Rendez-moi René, l'autre frère, mon jumeau de hasard. En se suicidant au gaz, René a détruit tout son immeuble mais je ne crois pas qu'il voulait cela. Je le revois, sur le lit de Lariboisière, à l'apparition des premières taches brunes sur le thorax. « Maintenant il faut t'en aller, il a dit, il faut t'échapper, ma petite danseuse américaine, il faut t'en aller sur les pointes. Eh ! Eh ! Pleure pas. Tu verras : tu seras grande un jour... » Et il a tout fait exploser. Je ne crois pas qu'en se tuant il voulait en tuer d'autres. René n'est pas comme ça. Il y avait bien trois ans qu'on n'avait plus parlé de Coconut. Tout le monde avait disparu, mort ou bien enfui. Il y avait eu tant d'alcool, tant de benzédrine et d'opium. Des neuroleptiques, ensuite, et les électrochocs. Puis cette foutue tuberculose.

Ils étaient des enfants aux yeux fous. De bons enfants, tout de même.

Les enfants rêvés de la Grande Guerre de Civilisation.

Pitié pour ceux qui ne sont pas nés avec au front l'étoile des héros !

*

Et puis cette nouvelle guerre est arrivée, pour laquelle on ne parle plus de civilisation et qui sera ma dernière guerre sans doute, tant je suis usée. Les longues heures de marche se réduiront bientôt à un tour du pâté de maisons. Comme si, par cercles concentriques, tout ce qui donna quelque prix à

1943, février

mon existence s'amenuisait, se rétractait inexorablement. J'ai croisé hier dans les jardins du zoo une amie de jeunesse, de celles avec qui nous allions danser et flirter au Country Club, et, à son brusque mouvement de recul lorsque je l'abordai, à ses yeux froncés presque furieux, j'ai su qu'elle ne voyait en moi qu'une inconnue à forme d'épouvantail.

Les garnisons d'Alabama se remplissent de soldats, et, par nos rues, sur nos avenues, une nouvelle génération se répand, dans les bras de qui je n'irai pas danser. Plus de cavaliers, plus de parade à cheval — mais des autos en tenue de camouflage, des motos pétaradantes et une cacophonie de klaxons qui me fusillent les tympans à longueur de journée.

Cette mobilisation m'a retiré mon dernier admirateur, mon seul ami depuis des années, un jeune homme de dix-neuf ans tout frêle qui suivait un atelier d'écriture à l'université de Tuscaloosa et me vouait une sorte de culte assez flatteur — à moi qui ne suis plus rien dans la société. Ses nouvelles avaient de la tenue, bien que profondément mélancoliques. La mélancolie américaine ne peut expulser la violence native et la nostalgie des génocides. Par génocides, j'entends nos conquêtes.

Mes échanges avec l'étudiant parfois me revigoraient. Un jour, il m'annonça qu'il avait entrepris un roman et qu'il traversait une profonde crise morale car, pour l'écrire, il devait puiser dans la vie et l'intimité de ses proches, parents et amis, et craignait de les blesser ou de s'en attirer les foudres.

Avais-je un conseil pour lui ? Je sentis ma gorge s'assécher dans la seconde et l'agitation nerveuse monter dans mes jambes — comme une furieuse envie de fuir en étant ligotée. Aussi j'ai menti : « Jeune homme, je ne connais pas bien ces dilemmes... je ne suis pas au courant des affaires morales de notre époque. Mais je sais une chose : il est difficile de faire comprendre à notre entourage que tout est nourriture pour le travail de l'écrivain, et que la plus grande partie du métier romanesque consiste en interprétations, en transpositions — certes pas en exercices de dévotion ! Si j'étais vous, je continuerais d'écrire et j'attendrais d'être en devanture chez les libraires pour m'expliquer auprès de mes proches. » Je me suis arrêtée là. Je voulais qu'il reste pur, inquiet mais entier, afin de ne pas heurter les dernières illusions d'un très jeune homme. *De toute façon, il y a de fortes chances pour que vous ayez à vous excuser. Il y a un jour, inévitable, où il faut s'excuser d'écrire. Écrire n'est pas correct.*

*

Patti a épousé *elle aussi* un lieutenant, un lieutenant sorti *lui aussi* de Princeton, mais toute répétition s'arrête là : ma fille est sage et saine et équilibrée, et son fiancé est un garçon sérieux, solide, sur qui elle pourra compter. Je n'ai pas eu la force de me rendre à New York pour la cérémonie. J'ai eu peur de revivre l'excitation d'il y a vingt-trois ans, peur, en donnant la main de ma fille, que cette excitation ne devienne morbide et insupportable aux autres. J'ai gâché assez de moments dans sa vie sans risquer d'assombrir ce jour capital. Adorables, les époux m'ont envoyé une réplique du gâteau de mariage. Par chance, le soir où j'ai reçu la pièce montée, Dos Passos était en route vers Mobile pour un reportage sur les bâtiments militaires et s'est arrêté à la maison. Ç'a toujours été un type bien à mes yeux, humain et franc du collier, qui regarde le monde en face et ne se laisse pas abuser par les sirènes de la célébrité. Avec les hommes comme lui, je n'ai aucune difficulté. Il pourrait devenir mon meilleur copain. À nous deux, nous sommes venus à bout du gâteau.

Les mots qu'il a trouvés pour me parler de Scott, juste avant de partir, m'ont bouleversée. Nous étions sous le porche. Je l'ai embrassé en lui souhaitant bonne route, il a rougi, c'était la première fois qu'on ne se serrait pas la main, il a dit : « Oh ! Zelda, pourvu que cette guerre... », et j'ai dit : « Oui, John, pourvu que... » C'était comme si Goofo était là sous le porche avec nous et s'amusait de la confusion de son confrère. Comme s'il m'aidait à tirer la porte moustiquaire puis refermait lui-même la porte vitrée, la verrouillait. Goofo était là, je me suis endormie sans peur.

*

Un type bizarre, un historien de l'art, m'a invitée à déjeuner pour m'entretenir d'un projet encore plus bizarre : comme la guerre n'en finit pas de commencer, il a recensé tous les artistes peintres mobilisés sur les divers camps militaires d'Alabama, puis il a convaincu l'état-major de les rassembler en garnison à Montgomery et de leur attribuer un hangar afin qu'ils puissent y travailler tous ensemble. Et cet homme, Ernest Donn, me dit que les artistes sont bien là mais les mains vides, sans aucun argent pour acheter leur matériel. Oh ! je sais le prix de ces fournitures, et mon cœur s'est serré à l'idée que peut-être ces jeunes gens aux mains interdites ne perdent leur talent.

« Mais je n'ai plus un dollar, monsieur. Pas même un fifrelin.

— Vous, madame ? »

Il semblait si éberlué — je l'ai pris par le bras et l'ai conduit au bungalow de Sayre Street. Ouvert le garage et lui ai dit : « Servez-vous. Il y a vingt toiles, là, et elles sont pour vous, pour vos jeunes artistes. Je n'ai qu'une exigence : ces toiles ne devront jamais être montrées, jamais être cédées. Chaque soldat qui recevra une toile devra la recouvrir de son propre travail, et, si l'idée du palimpseste le gêne, il devra d'abord décaper ma peinture puis utiliser la toile décapée pour y peindre à son tour. »

Mes conditions étaient si précises que M. Donn m'a regardée avec angoisse : « Mais qu'est-ce que vous avez peint là, madame ? »

Moi : « Un pays que j'ai aimé. Un pays où j'ai aimé. »

Lui : « Cette plage, là, qui revient... »

Moi : « Une plage où j'ai vécu. »

Avant qu'il ne reparte, je lui ai demandé de m'accompagner un bout de chemin dans ma promenade du soir. Deux fillettes venaient vers nous, papotant et s'incriminant de leurs voix acidulées. Arrivée à notre hauteur, l'une m'a dévisagée et, d'un coup de coude dans les côtes, a alerté son amie : « C'est elle. *Elle*, oui ! La folle du quartier dont parle maman. »

. . . .

Me voici revenue dans cet asile toute seule, de mon propre chef, et c'était pour vous voir partir ? Qu'a-t-on besoin de psychiatres au front ? Vous êtes trop jeune, docteur, et vos yeux bleus sont trop bleus pour aller les brûler sous les bombes. Pourquoi les hommes disparaissent-ils toujours ? Je ne revenais que pour vous !

Le docteur (*faux Irby Jones*) : « Madame, vous devez savoir qu'un autre médecin sera tout aussi compétent que moi. Nous avons bien avancé, je laisserai mes notes à mon successeur et lui dirai tous vos progrès. »

Moi : « Vous fatiguez pas. »

L'imposteur, nerveux, clignant des yeux : « Vous devez savoir aussi que je ne pars pas de gaieté de cœur. Mon devoir est auprès de vous, pas là-bas. »

Sa voix s'est étranglée, il s'est levé si brutalement pour quitter la pièce que sa blouse blanche claqua dans l'air telle une voile de gréement, une éclosion de parachute.

Qui me rendra mes frères ?

Qui me rendra Auntie ? Ses bras doux et ronds comme des brioches, sa peau de café brûlé et ses mains de coton. Aux aisselles d'Auntie, aux épaules échancrées des corsages, parce qu'elle ôtait toujours les manches, disant qu'elle étouffait des bras, sa chair formait des plis gracieux, plein de petits plis tout blancs de talc où je fourrais mon nez, où je m'endormais. Je veux dormir. Qu'on me rende ma nanny, et dans ses bras redevenir toute petite. Auntie est ma vraie maman mais personne ne le sait. Auntie à ma naissance m'a trempée dans un lait magique afin que jamais le noir ne prenne sur moi. Comme toutes les mauvaises filles, j'ai renié ma mère, je suis devenue la fille de ces planteurs blancs, la fille du juge et de son épouse névropathe, je suis devenue une perruche verte, une menteuse, et j'ai appris à faire semblant d'aimer.

Rendez-moi les aviateurs.

Rendez-moi mon fils. Mon fils qui dans mon cœur a eu quinze ans, et c'est un beau jeune homme, croyez-moi. Non, la disgrâce de son père ne l'a pas frappé : son sourire canaille est le plus parfait, le plus lumineux des sourires au monde. C'était mon fils. Mon fils. Si j'avais été plus courageuse, si j'en avais parlé à son père, je n'en serais pas là.

Là, sur le billard électrique.

MINUIT PILE

919 Felder Avenue, Montgomery, AL

2007, mars

Il y a devant la maison de briques rouges cet arbre, ce magnolia grandiflora que Zelda a planté à son dernier retour d'Europe, un arbre majestueux dont le directeur du musée dit que c'est une plaie. M'explique que tous ces magnolias puent — je ne sens rien — et produisent des fruits toxiques capables de vous conduire à l'hôpital.

Je suggère qu'à la date où Zelda est censée l'avoir planté, c'était l'anniversaire de Patricia Frances, ses dix ans. L'arbre généreux m'impressionne. Le sol sous sa couronne est paillé d'aiguilles de pin — un travail de jardinier amoureux et artiste, qui ne craint pas, lui, les émanations toxiques. Patricia est morte ici même, à Montgomery, AL. Voilà plus de vingt ans. Le magnolia continue de pousser pour elle, pour eux trois.

Michael, le directeur, me fait entrer avec son passe dans les appartements de Zelda et Scott (le musée est situé dans une de leurs nombreuses demeures successives), et soudain — à peine j'y ai posé un pied —, les larmes me viennent aux yeux à la vue du parquet blond luisant tel un miroir, du pin verni à cabochons d'acajou. Leurs ombres tristes y glissent comme sur une patinoire. Les bibliothèques aussi sont d'acajou, incrustées dans les cloisons. Les pièces sont vides à l'exception d'un sofa victorien que Zelda aurait retapissé de ses propres mains. Et ces baignoires : partout des salles de bains attenantes à chaque chambre — « même les chambres des domestiques ». Une baignoire en émail terni, ses robinets de cuivre verdis par le temps, dit qu'ici un domestique n'a pas été traité comme ses pareils sur ce territoire où sévit toujours, en activité aujourd'hui, le Klan.

Michael me parle d'un gala donné bientôt en l'honneur de Zelda, où il faudrait que je sois, je dis oui et je fuis dans une autre pièce, je veux juste entendre le silence dans cette salle de bal où Scott travaillait, si grande qu'il s'y était creusé une niche, une alcôve juste à la taille d'un bureau — pour avoir moins peur, me dis-je, tels ces gosses de riches anxieux qui, à l'intérieur d'une immense chambre à eux, s'empressent de dresser un tipi pour mieux réduire la surface de pénétration du monde extérieur.

Dans cette maison d'un luxe suranné, dans ce silence végétal qui fait de ce quartier une oasis coincée entre autoroute et périphérique, je resonge au très beau film de Clint Eastwood, *Minuit dans le jardin du bien et du mal*.

J'ai garé ma voiture dans une allée à l'arrière de la maison, sans savoir si j'avais trop le droit de faire ça. Ici, je ne sais pourquoi, j'ai toujours peur de mal agir. Michael dit que non, je suis bien garé, je veux faire un tour du jardin, parler avec lui des essences, des arbres, des parterres que Zelda sans doute a dessinés et plantés. Mais Michael s'en fout ; il me le dit sans détour. Et je le remercie de la visite : j'ai de la route à faire.

Cent mètres plus loin, au coin de Felder Avenue et de Dunbar Street, j'ouvre le dossier contenant les coupures de presse du 11 mars 1948.

Le *Montgomery Advertiser* est sobre. Juste un entrefilet dans le carnet mondain. « Hier, à minuit heure précise, Zelda Sayre, épouse de l'écrivain Scott Fitzgerald, a trouvé la mort dans l'incendie de son asile, le Highland Hospital, à Asheville, Caroline du Nord, où elle était soignée depuis plus de dix ans pour troubles mentaux. Bien connue de nos concitoyens pour avoir été l'une des Southern Belle les plus étonnantes de sa génération, connue aussi comme romancière, peintre et icône du Jazz Age, Zelda vécut avec son époux la gloire à vingt ans. Passé le milieu des années trente, tous deux tombèrent dans l'oubli. »

Le *New York Herald Tribune* se veut plus précis : « Ils étaient les derniers romantiques. Après Scott, son célèbre époux, Zelda Fitzgerald s'est éteinte hier à minuit, à l'âge de 47 ans. Elle a péri dans l'incendie de l'aile psychiatrique du Highland Hospital à Asheville, où elle était suivie depuis des années pour des troubles mentaux intermittents. [...] Comme les huit autres patientes enfermées à ce dernier étage, elle n'a pu s'échapper, la porte de sa chambre étant bouclée, la fenêtre unique elle-même cadenassée. »

Mes mains tremblent un peu. Il y a des morts devant lesquelles l'esprit bute, auxquelles il se refuse, et l'agonie par les flammes est de toutes la pire à mes yeux. C'est par le feu qu'on détruit les rebelles, les sorcières et les saintes — des déviants, des folles. Depuis l'enfance, je me suis toujours rassuré à l'idée que les martyrs sur le bûcher mouraient avant que les premières flammes n'attaquent leurs chevilles. Que la douleur les faisait s'évanouir dans l'instant, ou que la fumée noire les asphyxiait dès avant la brûlure.

Je n'ai jamais pu me résoudre à l'idée que Zelda ait été consciente de ce qui arrivait, éveillée et lucide lorsque les alarmes retentirent dans l'hôpital, suivies des sirènes des pompiers. Je veux croire qu'elle dormait et que la fumée l'a étouffée dans son sommeil. Je veux l'imaginer assommée de neuroleptiques, si comateuse qu'aucun bruit ne l'atteint, et que c'est ainsi, ayant perdu conscience, son cœur s'éteignant au ralenti, anesthésiée de corps et d'esprit, qu'elle bascule en douceur dans la mort. Certains diraient : « qu'elle a trouvé la paix ». Je ne trouve rien de paisible à la mort, qui est une ennemie intime depuis trop longtemps : je peux juste envisager qu'après bien des souffrances et de vains combats, on abandonne et s'accommode du giron de l'ennemi comme d'une solution à l'atroce aporie.

Zelda n'a pu périr par les flammes : elle était la sala-

mandre. Cette pensée magique, au lieu de me distraire, me serre la gorge. J'hésite sur ma direction : Mobile ou Atlanta ? S'enfoncer dans le sud du Sud ? Finir par plonger dans le golfe du Mexique, ou remonter très vite à la surface — la civilisation ?

Un message radio, énervant, ponctué de bips à basse fréquence, passe en boucle depuis dix minutes et je n'écoutais pas. Avis de tornade.

De retour au studio, j'allume la télé qui émet des signaux, elle aussi, mais plus graves, longs et lourds tel un glas prémonitoire. Soudain ça s'affole, la fréquence accélère et une voix numérique indique à chaque habitant de descendre à la cave de son immeuble. La jeune gardienne se peint les ongles. Des ongles si grands qu'ils lui font une quatrième phalange. « Descendez au sous-sol », m'intime-t-elle de cet accent traînant du Sud où les voyelles s'étirent telles guimauves au soleil, où les consonnes sont escamotées. « Mais vous ? » Elle hausse les épaules, indifférente : « Quand j'entendrai le tourbillon, je descendrai. »

Les ciels d'Alabama, je commence à les connaître : ils sont comme Zelda, brillants puis diluviens puis orageux puis tempétueux et pour finir apocalyptiques. Le lendemain sera azur — il s'agit juste de durer.

Le temps que passent les dix-neuf tornades, avec cette éventualité de mourir à laquelle je ne crois pas mais qui ne m'a jamais paru aussi familière, je resonge à celui qui m'aimait si mal.

J'avais vingt ans. J'avais cet amant amoureux

qui voulait m'interdire d'écrire. C'était un jeune homme intelligent et d'une érudition considérable. Il croyait pourtant à des lunes, à des chromos de roman-photo, des choses comme : *les amants doivent tout partager*, ou bien : *s'aimer c'est fusionner et vivre en autarcie*.

Pour me décourager d'écrire, peut-être, ou pour que la fusion fût parfaite, il me faisait lire ses auteurs préférés, William Faulkner, puis Carson McCullers, « des monuments, disait-il, des génies absolus », sans comprendre qu'il me faisait rencontrer là deux œuvres définitives dans ma vie d'homme, et je songeais, moi : *Deux aînés, deux repères, deux êtres à qui ressembler*, deux œuvres qui, loin de m'écraser, me donnaient des ailes nouvelles et, par une étrange ironie, exaltaient mon désir d'écrire au lieu de l'éteindre.

C'est lui encore qui, par une nuit d'étoiles, sur le pont d'un ferry en route vers Capri, me confia son admiration pour un couple hors norme, les Fitzgerald. Mais, si brillant qu'il fût, l'homme jaloux ne comprenait pas cette évidence : l'histoire de Scott et Zelda était là pour l'édifier, lui, pour lui souffler que nul ne maîtrise les tempéraments — pas plus que les orages, le vent ou la foudre : personne, ni les psychiatres ni les climatologues. Encore moins les amants ombrageux.

À minuit pile, les sirènes dans le ciel de Montgomery se sont tues, les radios et les télés ont repris leurs programmes.

Minuit pile, Zelda, l'heure de la collation : sur les pousses d'épinards, jetez beaucoup de poivre, un filet d'huile d'olive. Jetez, si vous trouvez, des brins de thym et de romarin. Dans les ballons de cristal, versez du champagne à 12° et tous les mots d'amour que vous pourrez. Minuit pile, *l'heure de briller*.

Le vent d'ici souffle trop fort, il emporte les voix, il emporte les mots, il emporte avec lui les derniers grains de sable de la plage de Fréjus qui crissaient sous les dents. Le vent d'ici me chasse.

Adieu, Zelda. *Ce fut un honneur*.

NOTE DE L'AUTEUR

Alabama Song est une œuvre de fiction. Si plusieurs personnages secondaires de ce livre présentent quelques ressemblances avec les proches, les parents et les contemporains de Zelda Sayre Fitzgerald, leur description et les événements qui les concernent sont pour la plus grande part le fait de mon imagination.

Ainsi les développements des personnages de Tallulah Bankhead et d'Auntie Julia, dont j'ai choisi d'accentuer l'influence. Ainsi le « fils de l'aviateur » et l'épisode de Menton, inventés. Ainsi les arènes de Barcelone, les dialogues avec le jeune psychiatre du Highland Hospital et toutes les séquences hospitalières. Ainsi l'amitié avec le poète René Crevel — sachant que Zelda et lui ont très bien pu se rencontrer chez Gertrude Stein. Ainsi l'épisode de la projection privée à l'hôtel George-V.

Il faut lire *Alabama Song* comme un roman et non comme une biographie de Zelda Fitzgerald en tant que personne historique.

Les lettres sont inventées, à l'exception de la lettre de Scott à sa fille, reproduite pages 197-198, et de la lettre citée page 40 (« Il me serait égal que tu meures »), sensiblement remaniée car cette confession était adressée à l'ami écrivain Edmund Wilson (« Il me serait égal qu'elle meure ») et non à Zelda elle-même (F. Scott Fitzgerald, *Lettres à Zelda et autres correspondances*, Gallimard, 1985 ; *Lettres de F. Scott Fitzgerald*, Gallimard, 1965).

L'étrange don que Zelda fait de ses toiles aux jeunes

artistes en garnison à Montgomery durant la Seconde Guerre mondiale est attesté par deux sources inédites en français : Carolyn Shafer, « To Spread a Human Aspiration : The Art of Zelda Sayre Fitzgerald » (mémoire de master en Arts, Université de Caroline du Sud, 1994) et *Zelda, An Illustrated Life, The Private World of Zelda Fitzgerald*, album collectif sous la direction de Eleanor Lanahan, petite-fille de Zelda (Harry N. Abrams, Inc, New York, 1996).

Pour les années d'enfance et de formation, j'ai consulté la chronologie très détaillée du site web de l'Université de Caroline du Sud, « Scott Fitzgerald Centenary », ainsi que deux biographies qui accordent une part déterminante aux genèses psychologiques de Zelda et de Scott : *Zelda*, de Nancy Milford (Stock, 1973), *Zelda et Scott Fitzgerald, les années vingt jusqu'à la folie*, de Kendall Taylor (Autrement, 2002).

Je tiens à remercier les Missions Stendhal du ministère des Affaires étrangères, lesquelles m'ont permis de me rendre dans le *Deep South* des États-Unis d'Amérique, en Alabama et en Géorgie.

Merci à Yves Mabin, directeur de l'Écrit et des Médiathèques au ministère des Affaires étrangères.

Merci à Philippe Ardanaz, consul général de France à Atlanta, à Samia Spencer, consul honoraire de France en Alabama, à Diane Josse, attachée culturelle à Atlanta, à Fabrice Rozié, attaché culturel à New York, à Michael McCreedy, directeur du Scott & Zelda Museum à Montgomery, ainsi qu'à Jim Gravois et John Varner de l'université d'Auburn.

Merci à mes amies Ève Rozenberg, Hélène Sautot, Dany Sautot.

Very very special thanks to Lionel Zajde and his family in Atlanta. (Paul, keep on being what you truly R. I'll never forget U.)